スイッチ！①

イケメン地獄《じごく》はもうカンベン！

深海《ふかみ》ゆずは・作
加々見絵里《かがみえり》・絵

角川つばさ文庫

スイッチ！の紹介《しょうかい》!!
『スイッチ！』のことを紹介《しょうかい》いたします！
日々野《ひびの》まつり
12歳《さい》の中学《ちゅうがく》1年生《ねんせい》。女《おんな》の子《こ》が大好《だいす》き。
私《わたし》は、芸能学園《げいのうがくえん》・四《よ》ツ葉《ば》学園《がくえん》のマネージメント科《か》に入《はい》ったのですが、とつぜん……
日々野《ひびの》さん、よろしくね
斉賀《さいが》しずる
イケメンの校長先生《こうちょうせんせい》。伝説《でんせつ》のアイドル。
問題児《もんだいじ》たちのマネージャーになってしまいました!!
藤原《ふじわら》レン
無口《むくち》で無愛想《ぶあいそう》だけど、イケメンの御曹司《おんぞうし》。
小笠原和月《おがさわらわつき》
みんなを仕切《しき》れるタイプ。でも怒《おこ》らせると怖《こわ》い。
谷口翼《たにぐちつばさ》
クールな美少年《びしょうねん》。でも、その性格《せいかく》はテレビだけの演技《えんぎ》らしい。

男《おとこ》なんて大《だい》っ嫌《きら》いの私《わたし》ですが……
イケメンたちが急接近《きゅうせっきん》!!
おえぇぇぇ! 気《き》持《も》ち悪《わる》い……
本来《ほんらい》であれば……
寮長《りょうちょう》
女子寮《じょしりょう》「白猫館《しろねこかん》」の寮長《りょうちょう》。みんなのあこがれの的《まと》。
友坂千夏《ともさかちなつ》
天使《てんし》のような顔立《かおだ》ちだけど、見《み》た目《め》をあまり気《き》にしない。
こんな女優《じょゆう》やアイドルのタマゴのみなさんとずっといっしょだと思《おも》っていたのに……!
なんでこんなことに!!
でも、やるからには彼《かれ》らのめんどうをちゃんと見《み》なければ!!
エイエイオー!!
そんな彼《かれ》らには、だれにも言《い》えない秘密《ひみつ》があるようで……!?
スイッチ! スタート!!

もくじ

プロローグ

コンサートでヒミツの約束《やくそく》

暗闇《くらやみ》を照《て》らす、色《いろ》とりどりの光《ひかり》の洪水《こうずい》。

ひとつひとつの光《ひかり》たちは明確《めいかく》な意思《いし》を持《も》ち、生《い》き物《もの》のようにいきいきとゆれている。

パッとステージにライトがきらめき、光《ひか》りかがやく女《おんな》の子《こ》たちがあらわれ歌《うた》いだすと、せまそうに見《み》えたステージが、ここでないどこかに見《み》える。

「みんなーっ！　もりあがっていこうーっ！」

『ストロベリージャム』のセンターの女《おんな》の子《こ》がマイクを客席《きゃくせき》に向《む》けると、会場《かいじょう》をゆらすような歓《かん》声《せい》がひびきわたり、私《わたし》の身体《からだ》を音楽《おんがく》がつらぬいた。


そこからは——。

音《おと》、音《おと》、音《おと》。——そして光《ひかり》の洪水《こうずい》。

私《わたし》、**日々野《ひびの》まつり**。10歳《さい》。

生《う》まれてはじめて、大好《だいす》きなアイドルグループ『ストロベリージャム』のコンサートへと来《き》ています。

ここはアイドルのために作《つく》られた劇場《げきじょう》。

毎日《まいにち》アイドルたちがコンサートをしている場所《ばしょ》だ。

会場《かいじょう》の入《い》り口《ぐち》の扉《とびら》をくぐったときは、ふつうだったのに。

ステージがはじまると、そこは魔法《まほう》をかけられたような別世界《べっせかい》にかわる。

気《き》になっていた会場《かいじょう》のほこりのにおいや、満員電車《まんいんでんしゃ》のように密着《みっちゃく》する人《ひと》の身体《からだ》も気《き》にならない。

ううん。むしろステージにいる人《ひと》や、ここにいるお客《きゃく》さんたちと自分《じぶん》が一体《いったい》になっている高揚感《こうようかん》さえある。

すごいっ。アイドルって魔法使《まほうつか》いみたい！

自分《じぶん》がかがやくだけでなく、お客《きゃく》さんにもパワーを与《あた》えちゃうんだもの。

私《わたし》もそこにいるみんなと同《おな》じように、ペンライトを一生懸命《いっしょうけんめい》ふりあげる。

「うわ〜っ。**お兄《にい》ちゃんっ**。あの子《こ》、すごいっ。すごいよ！」

私《わたし》の目《め》がずっと釘《くぎ》づけになっていたのは、前《まえ》でおどって歌《うた》うメインメンバーではなく、ステージのはじでおどっている子《こ》。

気《き》になったのは、その子《こ》が私《わたし》と同《おな》い年《どし》くらいだったからだけじゃない。

手足《てあし》をピンとのばし、高《たか》く飛《と》ぶその人《ひと》が、エネルギーの塊《かたまり》にみえて……。

だれよりもだれよりもまぶしかった。

あの子《こ》には、人《ひと》をひきつける神様《かみさま》からもらったオーラがあるんだ。

「――あっ！」

その子《こ》はステージのそでに呼《よ》ばれ、さらに後《うし》ろのほうにまわされた。

「なんで……どうしてですか……？」

あんなにがんばっているのに……。私《わたし》は両手《りょうて》で口元《くちもと》をおおい、涙《なみだ》ぐむ。

「バックダンサーだからかなぁ」

「バックダンサー？」

音楽《おんがく》に負《ま》けないよう、お兄《にい》ちゃんが私《わたし》の耳《みみ》もとに口《くち》を近《ちか》づけ大《おお》きな声《こえ》で話《はな》す。

「ま。未来《みらい》のアイドルのタマゴってところかな。ただ今日《きょう》はバックだからね。メインの後《うし》ろでおどる引《ひ》き立《た》て役《やく》ってわけ。だからいまは主役《しゅやく》より目立《めだ》っちゃいけない」

「そんなの……ひどいです」

「シビアな世界《せかい》だからなぁ。ただ、うまいだけじゃスターになれない」

そんなのおかしい。あの子《こ》はどうみても一番星《いちばんぼし》なのに。

私《わたし》は小《ちい》さな身体《からだ》を利用《りよう》し、人《ひと》の波《なみ》をかきわけながら夢中《むちゅう》で前《まえ》へ前《まえ》へと向《む》かっていく。

「……うわっ。まつり!?」

ふだんの私《わたし》では考《かんが》えられないような行為《こうい》に、近《ちか》くにいたお兄《にい》ちゃんがギョッとする。

「がんばれ！　がんばれ――っ！」

本当《ほんとう》はその子《こ》の名前《なまえ》を呼《よ》びたかったけれど、名前《なまえ》がわからなかったから、私《わたし》は声《こえ》をはりあげその子《こ》に向《む》かってペンライトをふる。

「あなたは私《わたし》の一番星《いちばんぼし》ですっ。だから……**負《ま》けるな――っ！**」

ふだんの自分《じぶん》からは想像《そうぞう》もできないくらい大《おお》きな声《こえ》。

いつもの私《わたし》はおとなしくて、人《ひと》の前《まえ》に出《で》てなにかを主張《しゅちょう》することもできないし、ましてや大《おお》きな声《こえ》なんか出《だ》したことがない。

自分《じぶん》の中《なか》の知《し》らない自分《じぶん》に出会《であ》えたような感覚《かんかく》に、胸《むね》がドキドキする。

そしてもっとおどろいたのは……。

その子《こ》が私《わたし》の目《め》をまっすぐに見《み》つめ、ほほえみ返《かえ》してくれたこと。

ギュッと私《わたし》は自分《じぶん》の胸《むね》の真《ま》ん中《なか》にこぶしを押《お》しつける。

――私《わたし》、決《き》めました。

どんなにつらくても、がんばって病気《びょうき》を治《なお》すって。

ちゃんと元気《げんき》になって、彼女《かのじょ》をささえたい。あの子《こ》をスターにしたいっ！

「——ふえっ!?」

私《わたし》の想《おも》いが届《とど》いたのか、バックにいたその子《こ》はニイッと不敵《ふてき》に笑《わら》う。

その瞬間《しゅんかん》こっちに向《む》かい、全速力《ぜんそくりょく》で走《はし》ってくる。

「——！」

その子《こ》の身体《からだ》が鳥《とり》のように軽々《かるがる》と宙《ちゅう》を舞《ま》った。

「うわっ。マジかよ!?　バックの子《こ》がダイブしたぞ！」

その瞬間《しゅんかん》、客席《きゃくせき》から興奮《こうふん》と恐怖《きょうふ》がまじった悲鳴《ひめい》があがる。

ドドドド————ッ。

たおれる人《ひと》たちの波《なみ》に巻《ま》きこまれ、私《わたし》の身体《からだ》にも衝撃《しょうげき》が走《はし》った。

「まつり！　逃《に》げろ！」

お兄《にい》ちゃんの叫《さけ》び声《ごえ》が遠《とお》くから聞《き》こえる。

「——大丈夫《だいじょうぶ》か？」

「——え？」

耳《みみ》もとにかかる熱《あつ》い吐息《といき》とともに聞《き》こえる声《こえ》に、私《わたし》はゆっくりと目《め》を開《あ》ける。

「@×△●!?」

目《め》を開《あ》けると、目《め》の前《まえ》にさっきまでステージにいたあの子《こ》がいた。

あんなに遠《とお》くにいたはずなのに、いま、私《わたし》のとなりにいるなんて。

「――**オマエの声《こえ》、心臓《ここ》にひびいた**」

その子《こ》は私《わたし》の小指《こゆび》に自分《じぶん》の小指《こゆび》をからませながら、私《わたし》の手《て》の甲《こう》に口《くち》づけした。

「四《よ》ツ葉《ば》学園《がくえん》で待《ま》ってる。俺《おれ》の名前《なまえ》は――**レン**」

その言葉《ことば》の先《さき》はおぼえていない。
私《わたし》はビックリして意識《いしき》を失《うしな》ってしまったから――。
2年前《ねんまえ》のあの日《ひ》。
私《わたし》は、人生《じんせい》ではじめてのコンサートで、ヒミツの約束《やくそく》をしたのでした。

1 入学《にゅうがく》の話《はなし》をしようではないか

『四《よ》ツ葉《ば》学園《がくえん》』の校長室《こうちょうしつ》。

ここは、芸能人御用達《げいのうじんごようたし》とも言《い》われる日本屈指《にほんくっし》の芸能学園《げいのうがくえん》。

すでに芸能《げいのう》・スポーツ・アート界《かい》などで活躍中《かつやくちゅう》の生徒《せいと》たちとともに、未来《みらい》のスターたちや、プロデューサーとして働《はたら》くことを夢《ゆめ》みる生徒《せいと》たちも通《かよ》いながら、いろいろなことを学《まな》んでいる。

「校長先生《こうちょうせんせい》っ。どういうことですか!?」

そんな美男美女《びなんびじょ》がつどう学《まな》び舎《や》のはずだが、私《わたし》、日々野《ひびの》まつりはいたってふつうの女《おんな》の子《こ》。

ツインテールをゆらし怒《いか》り狂《くる》う私《わたし》とは対照的《たいしょうてき》に、校長先生《こうちょうせんせい》も校長室《こうちょうしつ》ものどかだ。

アンティーク調《ちょう》の部屋《へや》の窓《まど》からはさんさんとかがやく太陽《たいよう》の光《ひかり》が差《さ》しこみ、部屋《へや》の中《なか》を明《あか》るく包《つつ》む。

書棚《しょだな》にしまわれた蔵書《ぞうしょ》の横《よこ》には優勝《ゆうしょう》トロフィーがかざられ、重厚《じゅうこう》な雰囲気《ふんいき》をかもしだしている。

そう。ここでは一般人《いっぱんじん》オーラ丸出《まるだ》しの私《わたし》だけが異質《いしつ》。

ただただ私《わたし》の声《こえ》だけが、この場《ば》に不釣《ふつ》りあいでした。

だれかを本気《ほんき》で呪《のろ》ったことなんて、ありませんでしたが……。

いま、目《め》の前《まえ》にいらっしゃる**若《わか》き校長《こうちょう》・斉賀《さいが》しずる先生《せんせい》**を本気《ほんき》で呪《のろ》っている最中《さいちゅう》ですっ。（キリッ）

「まあまあ。おちついて」

ブチリ。

どこまでも他人事《ひとごと》のような校長先生《こうちょうせんせい》の言葉《ことば》に、温厚《おんこう》な私《わたし》もぶちぎれる。

2年前《ねんまえ》のあの日《ひ》。

コンサート会場《かいじょう》で出会《であ》った『レン』との約束《やくそく》を守《まも》るため、私《わたし》は四《よ》ツ葉《ば》学園《がくえん》に入学《にゅうがく》したのだ。

それなのに、こんな鬼《おに》のような仕打《しう》ちが待《ま》ちうけていたなんて……。

いくらなんでも……ヒドすぎます！

「その百面相《ひゃくめんそう》いいね。まちがいついでにさ、裏方《うらかた》じゃなくって女優《じょゆう》のほうでやってみない？　君《きみ》みたいな子《こ》は光《ひか》るタイプだと思《おも》うけどな。――脇役《わきやく》で」

ガーン！

そ……そりゃ、自分《じぶん》でもわかっていますけど、面《めん》と向《む》かって『脇役《わきやく》で光《ひか》る』なんて言《い》われて、よろこぶ年頃《としごろ》の乙女《おとめ》がいると思《おも》っているのでしょうか？

「入学《にゅうがく》してから3日《か》でたおれて入院《にゅういん》していましたが、ようやく登校《とうこう》できたんですよ！　話《はなし》をそらさないでください！」

「バレたか」

校長先生《こうちょうせんせい》は悪《わる》びれずにチロリと舌《した》を出《だ》す。

なまじ美形《びけい》なせいで、ふつうの人《ひと》はコロッとだまされるかも知《し》れませんが、そうは問屋《とんや》がおろしません！　だって、私《わたし》は……。

「私《わたし》は、女《おんな》の子《こ》が大好《だいす》きなんですっ！　男子《だんし》なんて――ゴミです！」

私《わたし》がバーンと机《つくえ》をたたいて力説《りきせつ》すると、校長《こうちょう》先生《せんせい》は苦笑《くしょう》する。

「ゴミって……。傷《きず》つくなぁ。もっとオブラー

トに包《つつ》んだ言《い》い方《かた》ないの？」

「……くず？」

オブラートに包《つつ》んだ言《い》い方《かた》がとっさに浮《う》かばず、思《おも》った単語《たんご》が口《くち》から出《で》る。

「……この話題《わだい》はやめようか。もうしゃべらなくていいから」

本気《ほんき》であきれている校長先生《こうちょうせんせい》の反応《はんのう》に、私《わたし》は両手《りょうて》をバタバタさせながら首《くび》を左右《さゆう》にふる。

「ちっ、ちがうんです！　人格《じんかく》の話《はなし》ではなく、ゴミくずのくずですっ！」

「……。日々野《ひびの》さん。今後《こんご》の君《きみ》のために言《い》うけど、それぜんぜんフォローになってないよ」

校長先生《こうちょうせんせい》が笑《わら》いをかみころしながら、神妙《しんみょう》な顔《かお》をする。

「貴重《きちょう》なアドバイス……感謝《かんしゃ》もうしあげます」

この学園《がくえん》ではじめていただいたアドバイス。

私《わたし》は心《こころ》をこめて頭《あたま》をさげてから顔《かお》をあげると、校長先生《こうちょうせんせい》は眉《まゆ》をよせて考《かんが》えこむようなポーズをしていた。

2 まさかの3人《にん》のマネージャーに!?

四《よ》ツ葉《ば》学園《がくえん》の校長室《こうちょうしつ》では、あいかわらず私《わたし》と校長先生《こうちょうせんせい》がにらみあっていた。

「おかしいなぁ。新入生《しんにゅうせい》の君《きみ》が特例《とくれい》で『**彼《かれ》ら**』のマネージャーになれるんだよ？　泣《な》いてよろこばれると思《おも》ったんだけど」

机《つくえ》に置《お》かれた3枚《まい》の写真《しゃしん》を沈痛《ちんつう》な面持《おもも》ちで見《み》つめながら、私《わたし》はため息《いき》をつく。

「……3人《にん》のことは私《わたし》だって知《し》っています」

彼《かれ》らは候補生《こうほせい》として、すでに特例《とくれい》で芸能活動《げいのうかつどう》をしていて人気《にんき》もある。

しかしふしぎなことに、彼《かれ》らはまだ正式《せいしき》にデビューをしていないのが現状《げんじょう》だ。

四《よ》ツ葉学園《ばがくえん》では『現場《げんば》での実践《じっせん》がなによりも勉強《べんきょう》になる』と考《かんが》えているため、デビュー前《まえ》の芸《げい》能人《のうじん》は、実地演習《じっちえんしゅう》としてマネージメント科《か》の生徒《せいと》たちが『**担当《たんとう》**』することになっている。

『担当《たんとう》』とは、『芸能《げいのう》コース』にいる現役芸能人《げんえきげいのうじん》たちのマネージャーのような存在《そんざい》だ。

スケジュール管理《かんり》やオーディションの準備《じゅんび》、宣伝活動《せんでんかつどう》などをこなし、方向性《ほうこうせい》を考《かんが》え、プロデューサーのような仕事《しごと》も兼任《けんにん》する。

だから『**マネージャー**』は、サポーターでもあり、パートナーのような特別《とくべつ》な存在《そんざい》なんだ。

「下手《へた》にデビューしている芸能人《げいのうじん》より人気《にんき》も実力《じつりょく》もある彼《かれ》らだよ？　なにが不満《ふまん》なんだ」

「不満《ふまん》？　それ以上《いじょう》です！　いまの私《わたし》は絶望《ぜつぼう》しかありません。地獄《じごく》の一丁目《ちょうめ》にいる気分《きぶん》です！」

こぶしをにぎりしめ、クワッと私《わたし》は校長先生《こうちょうせんせい》に抗議《こうぎ》する。

「地獄《じごく》の一丁目《ちょうめ》っておおげさな」

なだめるような物言《ものい》いに、私《わたし》はバンッと机《つくえ》をたたく。

「おおげさじゃありません！　それに私《わたし》は約束《やくそく》したんです」

「約束《やくそく》？」

問《と》い返《かえ》す校長先生《こうちょうせんせい》に向《む》かい、大《おお》きくうなずく。

「コンサートで会《あ》った女《おんな》の子《こ》が、四《よ》ツ葉《ば》学園《がくえん》で待《ま》ってるって。私《わたし》、彼女《かのじょ》に会《あ》うためにこの学園《がくえん》に来《き》たんです」

私《わたし》は、校長先生《こうちょうせんせい》にはじめて行《い》ったコンサートの話《はなし》をした。

「その子《こ》の名前《なまえ》は？」

「名前《なまえ》は……レン。でもそれ以外《いがい》はなにもわからないんです」

私《わたし》はシュンと肩《かた》を落《お》とす。

そうなのだ。コンサートのあとに、彼女《かのじょ》のことを調《しら》べたのだけど――。

彼女《かのじょ》の名前《なまえ》どころか履歴《りれき》も載《の》っていなかった。

メンバーを差《さ》し置《お》いてその子《こ》がダイブをしたのは、ありえない事態《じたい》だったみたいで、多《おお》くの人《ひと》たちの記憶《きおく》に残《のこ》ったみたい。

『あの子《こ》はだれだ!?』ってネットでそうとう話題《わだい》になっていたもの。

でも……。ついに彼女《かのじょ》の素性《すじょう》を探《さが》し当《あ》てた人《ひと》はいなかった。

私《わたし》と彼女《かのじょ》のつながりは、私《わたし》にしか聞《き》こえない声《こえ》で言《い》った『レン』という名前《なまえ》と、この『四《よ》ツ葉《ば》学園《がくえん》』しかない。

私《わたし》は決意《けつい》をあらたに、ギュッとこぶしをにぎりしめる。

「とにかく、女子《じょし》グループのマネージャーにしてください！」

「まぁまぁ日々野《ひびの》さん。そんなに興奮《こうふん》しないで」

「私《わたし》、人生《じんせい》の岐路《きろ》に立《た》っているんですよ!? 興奮《こうふん》するに決《き》まっているじゃないですかっ！」

バーン！

私《わたし》は感情《かんじょう》にまかせ、破壊《はかい》せんばかりの力《ちから》で、机《つくえ》をたたいた。

ゼーゼーゼー。

肩《かた》で息《いき》をしていると、校長先生《こうちょうせんせい》の顔《かお》がふっと影《かげ》をおびる。

「……さっきから君《きみ》がたたいているこの机《つくえ》。亡《な》くなった祖母《そぼ》の形見《かたみ》なんだ」

「へ？」

「僕《ぼく》にとっては命《いのち》より大切《たいせつ》な……大事《だいじ》な大事《だいじ》なものでね。許可《きょか》を取《と》って校長室《こうちょうしつ》の机《つくえ》にしてもらったんだ。いつでも大好《だいす》きだった祖母《そぼ》といられるように……うっ。すまない」

言葉《ことば》をつまらせ肩《かた》をふるわせるのを見《み》て、私《わたし》は青《あお》ざめる。

「す……すみませんっ！　人様《ひとさま》の命《いのち》よりも大切《たいせつ》なものに、私《わたし》はなんてことを！　腹《はら》をかっきっておわびもうしあげます」

「――ここで、かっきらないでください。事件《じけん》になるから。マスコミ来《き》ちゃうから」

「でも……私《わたし》の気持《きも》ちがおさまりません」

校長先生《こうちょうせんせい》は目《め》のはしにたまった涙《なみだ》の粒《つぶ》をそっとぬぐう。

「……いや。僕《ぼく》は君《きみ》を責《せ》める気《き》はないよ。だれだってまちがいをおかす。そうだろう？」

聖母《せいぼ》！（あ……。殿方《とのがた》ですけど）

まるで聖母《せいぼ》のような慈愛《じあい》に満《み》ちたまなざしに、思《おも》わずひざまずきそうになる。

「聖母《せいぼ》……ではなく校長先生《こうちょうせんせい》……。私《わたし》をゆるしてくださるんですか？」

「もちろん。だれにでもまちがいはある。そうだろ？」

Y《ユ》U・R《ル》U・S《シ》HI！

これが『赦《ゆる》し』というものなのですね。

校長先生《こうちょうせんせい》に優《やさ》しくほほえまれ、私《わたし》の胸《むね》は感動《かんどう》でいっぱいになる。

「大《おお》きな心《こころ》。――私《わたし》も学《まな》びたいです」

「そうかい。それならよかった」

校長先生《こうちょうせんせい》はにっこり笑《わら》い、私《わたし》の両手《りょうて》を左手《ひだりて》で包《つつ》みこむ。

「広《ひろ》い心《こころ》を学《まな》びなさい。――**3人《にん》のマネージャーとして**」

校長先生《こうちょうせんせい》の言葉《ことば》に、私《わたし》はグッタリと身体《からだ》を折《お》りまげるのだった。

3 校《こう》長《ちょう》先《せん》生《せい》と私《わたし》①

四《よ》ツ葉《ば》学園《がくえん》。校長室《こうちょうしつ》。

校長先生《こうちょうせんせい》から無理難題《むりなんだい》を押《お》しつけられ中《ちゅう》の私《わたし》です。

「君《きみ》が向《む》かう場所《ばしょ》は、彼《かれ》らがいる男子寮《だんしりょう》・『黒猫館《くろねこかん》』だ。彼《かれ》らに会《あ》っておいで」

有無《うむ》を言《い》わさない力強《ちからづよ》さで語《かた》りかける校長先生《こうちょうせんせい》に向《む》かい、私《わたし》はおもむろに口《くち》を開《ひら》く。

「あの……。気持《きも》ち悪《わる》いので、手《て》をはなしていただけませんか？」

「……傷《きず》つくなぁ」

「本来《ほんらい》ならばアルコール消毒《しょうどく》でいますぐ手《て》を清《きよ》めたいところです」

真顔《まがお》で言《い》うと、校長先生《こうちょうせんせい》はおかしそうに笑《わら》う。

ううっ。でも待《ま》ってください。私《わたし》……はめられたのでしょうか？

私《わたし》はその男《おとこ》の子《こ》たちをアイドルにするために、がんばってこの学園《がくえん》に来《き》たわけじゃない。

おしだまる私《わたし》に向《む》かい、校長先生《こうちょうせんせい》はふっと真顔《まがお》になる。

「ただし。僕《ぼく》も鬼《おに》じゃないからね。ひとつだけ**条件**《じょうけん》を出《だ》そう」

「条件《じょうけん》？」

校長先生《こうちょうせんせい》はゆっくりとうなずいた。

「それさえすれば、君《きみ》はお役《やく》ごめんだ」

「しますっ、しますっ。なんでもします！」

「……まだなにも言《い》ってないんだけど」

パアアッと顔《かお》をかがやかす私《わたし》に向《む》かい、校長先生《こうちょうせんせい》はやれやれと息《いき》をつく。

「なに。腹《はら》をかっきるよりかんたんだよ。その条件《じょうけん》は『**あの3人**《にん》』**をクビにすることだ**」

『あの3人《にん》』をクビにする？

私《わたし》は校長先生《こうちょうせんせい》の言葉《ことば》の意味《いみ》がわからず、キョトンと見《み》つめかえした。

「君《きみ》がマネージャーにならないなら、もはや『あの3人《にん》』の担当者《たんとうしゃ》はいない」

「でも……。みんなテレビやコンサートにも出《で》ていらっしゃる、すごい人《ひと》たちなんですよね？」

「ああ。まちがいなくうちの学園《がくえん》の中《なか》でもトップクラスだよ」

それなら……と私《わたし》が言《い》おうとすると、校長先生《こうちょうせんせい》はため息《いき》をつく。

「ただ『トップクラスの問題児《もんだいじ》』たちでもあるんだ。四《よ》ツ葉《ば》学園《がくえん》の信条《しんじょう》はステージに立《た》つ人間《にんげん》もささえる側《がわ》も関係《かんけい》ない。ファンもふくめ『全員《ぜんいん》がかがやく』こと」

私《わたし》はその言葉《ことば》をかみしめ、胸《むね》の前《まえ》でギュッとこぶしをにぎりしめる。

『四《よ》ツ葉《ば》学園《がくえん》』は、数々《かずかず》のスターを生《う》みだした日本《にほん》で一番《いちばん》の芸能学園《げいのうがくえん》。

その中《なか》の『芸能《げいのう》コース』は、学業《がくぎょう》とプロ活動《かつどう》を両立《りょうりつ》するコースだ。

芸能人《げいのうじん》としての枠《わく》は、才能《さいのう》をいかして歌手《かしゅ》や役者《やくしゃ》、アーティスト、スポーツ選手《せんしゅ》として活躍《かつやく》する生徒《せいと》の中《なか》でもトップクラスしか入学《にゅうがく》がゆるされない。

「その一番《いちばん》の味方《みかた》であるはずのマネージャーすら持《も》てないグループは、どんなに実力《じつりょく》があっても、うちの学園《がくえん》に在籍《ざいせき》することはゆるされない」

キッパリとした口調《くちょう》から、絶対的《ぜったいてき》な意志《いし》を感《かん》じる。

そうだ――。はじめてコンサートに行《い》ったとき、お兄《にい》ちゃんもそんなことを言《い》っていた。

才能《さいのう》だけでは――どうにもならないものがあるって。

だから、私《わたし》は『それ』をささえる仕事《しごと》をしたいって思《おも》ったんだ。

「ま。現《げん》につづかないしね。最短記録《さいたんきろく》は1分《ぷん》で逃《に》げ帰《かえ》ってきたかなぁ」

「ヒッ。それはどんな仕打《しう》ちが待《ま》っているんですか!?」

オソロシイ！　オゾマシイ！　これだから男子《だんし》はいやなんですっ。

「彼《かれ》らのたったひとつのポイントにこたえられる子《こ》は、君《きみ》しかいないと僕《ぼく》は思《おも》っている。君《きみ》は僕《ぼく》の――いいや、この学園《がくえん》の切《き》り札《ふだ》だよ」

「たったひとつのポイント？」

私《わたし》の問《と》いかけに校長先生《こうちょうせんせい》は答《こた》えない。

「**自分《じぶん》の夢《ゆめ》か彼《かれ》らの未来《みらい》か――選《えら》ぶのは君《きみ》だ**」

サラリと託《たく》されたものの大《おお》きさに、自分《じぶん》のひざがガクガクとふるえるのがわかる。

「決《き》めるのは君《きみ》だ。君《きみ》が本当《ほんとう》にアイドルをささえる仕事《しごと》がしたいなら、なにかを『決《き》める力《ちから》』を持《も》つことはとても大切《たいせつ》だよ。さぁ『あの３人《にん》』のところへ行《い》っておいで」

校長先生《こうちょうせんせい》は私《わたし》の頭《あたま》をポンポンとたたくと、そう言《い》いのこして去《さ》っていった。

ううっ。日々野《ひびの》まつり、12歳《さい》。

いきなり人生《じんせい》の決断《けつだん》を迫《せま》られてしまったのでした。

4 はじめましての、ごあいさつ？

ここは四ツ葉学園《よつばがくえん》・黒猫館《くろねこかん》。４０２号室《ごうしつ》。

四《よ》ツ葉学園《ばがくえん》の敷地内《しきちない》にある学生寮《がくせいりょう》だ。

寮《りょう》というよりもアンティーク調《ちょう》のマンションのようになっていて、３名《めい》ごとにひとつの住戸《じゅうこ》があてがわれ住《す》んでいる。

学業《がくぎょう》と芸能活動《げいのうかつどう》とで不規則《ふきそく》な生活《せいかつ》をしていることもあり、ふつうの寮《りょう》とは異《こと》なり、各住戸《かくじゅうこ》に複《ふく》数《すう》の部屋《へや》やお風呂《ふろ》、トイレが完備《かんび》されていて、マンションの一室《いっしつ》のようだ。

アンティーク調《ちょう》の建物《たてもの》は年季《ねんき》が入《はい》っており、まるでむかしにタイムスリップしたみたい。

建物《たてもの》に足《あし》をふみいれた瞬間《しゅんかん》、顔《かお》がほころんでしまうような、そんななつかしさと親《した》しみやすさがある。

きっと建物《たてもの》とそこに住《す》まう人々《ひとびと》のギャップのせいで、さらに古《ふる》くみえるのかも知《し》れない。

リビングに案内《あんない》された私《わたし》はちんまりと正座《せいざ》をし、10分以上動《ぷんいじょうご》かずにいた。

「えーっと。日々野《ひびの》……まつりちゃん？　いつまでだまっているのかな？」

私《わたし》はリビングにおかれた置物《おきもの》のように微動《びどう》だにせずそこにいた。

一般《いっぱん》ピーポーのわれらならば、一度《いちど》はのぞいてみたいと思《おも》う美男美女《びなんびじょ》が集《つど》うヒミツの花園《はなぞの》。

女子《じょし》アイドルをささえられるような人《ひと》になりたかったのに……。

なぜか私《わたし》は、忌《い》み嫌《きら》う男子《だんし》のマネージャーになってしまったのです。

「知《し》ってると思《おも》うけどいちおう紹介《しょうかい》するね。俺《おれ》が**小笠原和月《おがさわらわつき》**。となりが**谷口翼《たにぐちつばさ》**、そして本《ほん》を読《よ》んでるあっちが**藤原《ふじわら》レン**」

和月《わつき》さんが名前《なまえ》を呼《よ》びながら次々《つぎつぎ》と指《ゆび》をさしていく。

この3人《にん》は男《おとこ》の子《こ》に興味《きょうみ》のない私《わたし》だって知《し》っている。

小笠原和月《おがさわらわつき》さんは、司会《しかい》や仕切《しき》りが得意《とくい》でマルチにこなす芸能人《げいのうじん》。

彼《かれ》が出《で》ている『**GO《ゴー》　GO《ゴー》！　スクール！**』という全国《ぜんこく》の学校《がっこう》にお邪魔《じゃま》する番組《ばんぐみ》は、10代《だい》に大《だい》人気《にんき》だ。

切《き》れ長《なが》の目《め》の大人《おとな》びた顔《かお》つきに、さらさらヘア。

一見冷《いっけんつめ》たそうにも見《み》えるのに、軽妙《けいみょう》なトークと企画力《きかくりょく》で、老若男女《ろうにゃくなんにょ》を虜《とりこ》にしている。

ふたり目《め》の谷口翼《たにぐちつばさ》さんは、千《せん》の顔《かお》を持《も》つといわれる若手俳優《わかてはいゆう》。

やわらかそうな髪《かみ》に、線《せん》の細《ほそ》い美少年《びしょうねん》のような見《み》た目《め》をしているが、役《やく》によってはカメレオンのようにその役《やく》を演《えん》じわける演技派《えんぎは》だ。

そして——最後《さいご》の藤原《ふじわら》レンさんがこちらに向《む》かって、持《も》っていた本《ほん》を投《な》げる。

文庫本《ぶんこぼん》は頬《ほお》をかすめ、ドンと音《おと》をたてて床《ゆか》に落《お》ちる。

「——オマエさ。いいかげんしゃべれよ。俺《おれ》たちの価値《かち》わかってる？　俺《おれ》たちは1分《ぷん》100万円《まんえん》以上《いじょう》の価値《かち》がある。アンタら一般人《いっぱんじん》とはちがうんだよ」

ビックリした！

藤原《ふじわら》レンさんの見《み》た目《め》よりも低《ひく》い声《こえ》にもビックリしたけれど、私《わたし》としては、彼《かれ》のあまりの感《かん》じの悪《わる》さに、心《こころ》の底《そこ》からビックリですよ！

艶《つや》やかな黒髪《くろかみ》と、一目《ひとめ》で女子《じょし》が恋《こい》に落《お》ちるという魅惑的《みわくてき》な瞳《ひとみ》の持《も》ち主《ぬし》。共演者《きょうえんしゃ》キラーとも言《い》われている。

藤原《ふじわら》レンさんは元首相《もとしゅしょう》を祖父《そふ》に持《も》つ超有名政治家《ちょうゆうめいせいじか》のお孫《まご》さん。

しかも能《のう》の宗家《そうけ》のおぼっちゃまでもある正真正銘《しょうしんしょうめい》のエリートだ。

政界《せいかい》だけでなく財界《ざいかい》、芸能界《げいのうかい》など、ありとあらゆる世界《せかい》につながりを持《も》っている。

彼《かれ》のすごいところはそのバックボーンをまったく隠《かく》したまま実力《じつりょく》でのしあがってきたところだ。

おどりは和洋《わよう》すべてを網羅《もうら》し、歌《うた》もうまい。

実《じつ》は去年《きょねん》、ドラマの中《なか》でレンさんが演《えん》じた役《やく》でCD《シーディー》を出《だ》したら爆発的《ばくはつてき》にヒットしたんだっけ。

このままバンド活動《かつどう》をつづけるのかと思《おも》いきや、約束通《やくそくどお》り1枚《まい》CD《シーディー》を出《だ》してスピード解散《かいさん》。

10代《だい》の女子《じょし》から、いま、もっとも復活《ふっかつ》してほしいバンドなんて言《い》われている。

命令《めいれい》しなれたエリート階級《かいきゅう》オーラに、世《よ》の乙女《おとめ》たちは瞬《また》く間《ま》にハートをうばわれてしまうのだ。

実《じつ》はここに来《く》る前《まえ》からレンさんのことを快《こころよ》く思《おも》っていなかった。

なぜなら、私《わたし》がコンサートで出会《であ》った運命《うんめい》の少女《しょうじょ》『レン』と同《おな》じ名前《なまえ》だから。

女性《じょせい》の敵《てき》が、私《わたし》の大切《たいせつ》な『レン』と同《おな》じ名前《なまえ》だなんて……。ゆるせませんっ！

だがしかしっ。

一般市民《いっぱんしみん》の私《わたし》は、あらためてこの3人《にん》を見《み》つめ、途方《とほう》にくれる。

キラキラキラーッ☆

目《め》の前《まえ》にいるみなさまに音《おと》をつけるならば、まちがいなくコレ。

ふつうの女《おんな》の子《こ》ならば、黄色《きいろ》い悲鳴《ひめい》をあげちゃうようなイケメン（しかも複数《ふくすう》！）に取《と》りかこまれ紅一点《こういってん》という、最高《さいこう》の逆《ぎゃく》ハーレム状態《じょうたい》。

それなのに、私《わたし》の気分《きぶん》は最低最悪《さいていさいあく》ときたもんです。

「こぉ〜ら、レン。まつりちゃんが怖《こわ》がっているじゃないか。そんなに警戒《けいかい》しないで大丈夫《だいじょうぶ》」

私《わたし》の頭《あたま》を優《やさ》しくなでようと、和月《わつき》さんの手《て》がのびてくる。

まさか……。この男《おとこ》、私《わたし》の頭《あたま》をなでようとしている!?

私《わたし》はカッと目《め》を見開《みひら》くと、忍者《にんじゃ》のような早業《はやわざ》でふれられぬようバク転《てん》をする。

私《わたし》のその場《ば》にそぐわないあやしい動《うご》きに、和月《わつき》さんはあっけにとられたような顔《かお》をした。

「……。まぁ。まつりちゃんはさ、芸能人《げいのうじん》をこんなに間近《まぢか》で見《み》たことがないんだろ？　それなのに俺《おれ》らのマネージャーだなんて言《い》われてさ。ビックリして声《こえ》も出《で》なくなるのもわかるって」

和月《わつき》さんは優《やさ》しく私《わたし》にほほえみかける。

「——コイツが担当《たんとう》だと？　話《はなし》にならないな。これだから女《おんな》はイヤなんだ」

私《わたし》はレンさんの言葉《ことば》にカチンときてにらみつける。

「なんだよ？　言《い》いたいことがあれば言《い》ってみろ」

「……」

だまっている私《わたし》に向《む》かい、とつじょレンさんはとろけるような天使《てんし》のスマイルを浮《う》かべ、こちらに向《む》かって歩《ある》いてくる。（いや、逆《ぎゃく》に人《ひと》をまどわす悪魔《あくま》かも知《し》れません！）

その瞬間《しゅんかん》、グイッとあたしの腕《うで》をひっぱり——。

そのひょうしに、私《わたし》の身体《からだ》は、思《おも》いきりレンさんの胸《むね》の中《なか》に抱《だ》きしめられるような格好《かっこう》になった。

「……こうしてほしい？　いるんだよ。アンタみたいに自分《じぶん》に興味《きょうみ》を持《も》ってほしくって、わざとケンカをふっかけてくる態度《たいど》の悪《わる》い女《おんな》」

藤原《ふじわら》レンさんは私《わたし》の背中《せなか》をそっとさすり、ゾクリとするほど妖艶《ようえん》な眼差《まなざ》しをむけてくる。

「**このままキスしてやろうか。**出《で》ていくなら、冥土《めいど》の土産《みやげ》にしてやってもいいぜ」

なぜだろう？　まるで憎《にく》まれているんじゃないかと錯覚《さっかく》するほどの冷《つめ》たい目《め》。

初対面《しょたいめん》なのに、どうしてこんな目《め》でにらまれなければいけないのだろう。

妖艶《ようえん》な雰囲気《ふんいき》をかもしだしながら、超絶美形《ちょうぜつびけい》と言《い》われる藤原《ふじわら》レンの顔《かお》がドアップで迫《せま》ってくる。

レンさんの顔《かお》がどんどん近《ちか》づき、本当《ほんとう》に唇《くちびる》と唇《くちびる》がふれそうになる。

――ぎえええええええ。限界《げんかい》っ。

さすがの私《わたし》も、もう我慢《がまん》ができませんっ。


「――**オエッ**」

「「「**………………!!!!!!!!**」」」
衝撃展開《しょうげきてんかい》に、男子《だんし》たちがストーン化《か》しているのが目《め》に見《み》えてわかる。
グイッと腕《うで》でレンさんをおしのけたが間《ま》にあわず。
あら～……。
これは昨日《きのう》食《た》べおさめとばかりにスイーツバイキングで食《た》べまくった元《もと》ケーキたち。
まさかこんな形《かたち》でお会《あ》いすることになるとは、私《わたし》も思《おも》っていませんでした☆
しかも吐《は》きもどした場所《ばしょ》は――もちろんレンさんの腕《うで》の中《なか》。（もちろん私《わたし》は無傷《むきず》！）
チーン。
制服《せいふく》のブレザーさんには、モザイク処理《しょり》が必要《ひつよう》な状態《じょうたい》になっています。

「お……おおおっ!! お……おまえ、ふざけるなあああああっ!」

事態《じたい》を把握《はあく》した藤原《ふじわら》レンさんが一瞬遅《いっしゅんおく》れて悲鳴《ひめい》をあげる。

吐《は》きもどしてすっきりした私《わたし》は、藤原《ふじわら》レンさんの腕《うで》からすりぬけると――。


ダン!


思《おも》いきり足《あし》をふみならし、仁王《におう》だちして叫《さけ》ぶ。

「ふざけるな? そのセリフ、そっくりそのままお返《かえ》ししますっ! 金輪際《こんりんざい》、私《わたし》に気安《きやす》くさわらないでくださいっ。だって私《わたし》、男《おとこ》なんて……男《おとこ》なんて……**大《だい》っっっ嫌《きら》いなんですから――っ!**」

私《わたし》の魂《たましい》の咆哮《ほうこう》に、あっけにとられあんぐりと口《くち》をあけるイケメンたち。

「あれ……君《きみ》って、俺《おれ》らのファンじゃないの?」

後頭部《こうとうぶ》に手《て》をあて、和月《わつき》さんが目《め》をパチクリさせる。

「私《わたし》はみなさんのマネージャーなんて、まっぴらゴメンなんですよ。私《わたし》は女《おんな》の子《こ》アイドルのプロデュースがしたくて、この学園《がくえん》に入学《にゅうがく》したんですから!」

もっとオブラートに包《つつ》んでおわびしようと思《おも》っていたのに……。

私《わたし》としたことが感情《かんじょう》にまかせなんにも包《つつ》まず、むきだしでお伝《つた》えしてしまった!

最初《さいしょ》にわれに返《かえ》ったのはレンさんだった。

「うるさいっ！　そんなことより、だれかタオル！　タオル持《も》ってこいいいいいっ！」

本気《ほんき》で叫《さけ》ぶレンさんを見《み》て、和月《わつき》さんがお腹《なか》を抱《かか》えて爆笑《ばくしょう》している。

「あはははは、腹《はら》っ。腹《はら》いてぇ。天上天下唯我独尊《てんじょうてんげゆいがどくそん》の藤原《ふじわら》レンにせまられて吐《は》くなんて……最《さい》高《こう》すぎるっ。翼《つばさ》もなにか言《い》えよ」

ずっとだまっていた翼《つばさ》さんを見《み》ると、まるで映画《えいが》のワンシーンのように大粒《おおつぶ》の涙《なみだ》を流《なが》している。

「**ポチ子《こ》っ。ポチ子《こ》っ！**」

涙《なみだ》で頬《ほお》をぬらしながら、翼《つばさ》さんが私《わたし》を抱《だ》きしめた。

「ギャ――――ッ！　助《たす》けてくださいいいいいい！」

バターン！

今度《こんど》は翼《つばさ》さんにおしたおされたんですけど!?

完全《かんぜん》に無防備《むぼうび》だった私《わたし》は、床《ゆか》に後頭部《こうとうぶ》をはげしく打《う》ちつけ、マンガのように目《め》の前《まえ》に星《ほし》が飛《と》ぶ。

ひいいいっ。まさかの第《だい》2ラウンド突入《とつにゅう》に、私《わたし》の目《め》の前《まえ》は真《ま》っ暗《くら》になるのでした。

5 第《だい》2ラウンド、谷口《たにぐち》翼《つばさ》

ここは四《よ》ツ葉《ば》学園《がくえん》・黒猫館《くろねこかん》。４０２号室《ごうしつ》。

私《わたし》。日々野《ひびの》まつりは大《だい》ピンチ中《ちゅう》でございます。

初対面《しょたいめん》にもかかわらず翼《つばさ》さんにギュウギュウと抱《だ》きしめられて、さらなる吐《は》き気《け》がこみあげる。

華奢《きゃしゃ》で美《うつく》しい指先《ゆびさき》は、思《おも》いのほか乱雑《らんざつ》に私《わたし》の顔中《かおじゅう》を力《ちから》いっぱいなでまわす。

「そっくりだ。見《み》れば見《み》るほどポチ子《こ》に生《い》き写《うつ》しだ」

「――うっ」

KI《キ》・MO《モ》・CHI《チ》・WA《ワ》・RU《ル》・I《イ》。

全身《ぜんしん》に鳥肌《とりはだ》が立《た》ち青《あお》ざめる私《わたし》の頬《ほお》を、翼《つばさ》さんが両手《りょうて》で包《つつ》みこみ持《も》ちあげる。

「――大丈夫《だいじょうぶ》？　キスしようか？」

なぜ!?

なぜ吐《は》きそうな人《ひと》に向《む》かって、キスをしようとするんですか!?（恐怖《きょうふ》）

私《わたし》の心《こころ》が読《よ》めるかのように、翼《つばさ》さんはニッコリと笑《わら》う。

「だって。口《くち》をふさいじゃえば、吐《は》けないでしょ？」

美少年《びしょうねん》の必殺《ひっさつ》スマイルに、私《わたし》は思《おも》わず心《こころ》の中《なか》で叫《さけ》ぶ。

悪魔《あくま》！

日本《にほん》にお住《す》まいのみなさ――ん！

聞《き》いてください！　ここに！　ここに悪魔《あくま》がおられます！

天使《てんし》のような笑顔《えがお》と発《はっ》する言葉《ことば》のギャップに、どっと背中《せなか》に冷《ひ》や汗《あせ》をかく。

吐《は》かないように自分《じぶん》の口《くち》を手《て》でふさいでいると、おもしろそうに翼《つばさ》さんがジッと見《み》つめてくる。

くっ。失敗《しっぱい》です。鼻《はな》もいっしょにふさいじゃって息《いき》ができませんっ。

「苦《くる》しい？　気絶《きぜつ》しちゃってもいいよ？――あそばせてもらうけど」

翼《つばさ》さんはそう言《い》いながら、私《わたし》の頬骨《ほおぼね》のすぐ横《よこ》をそっと指《ゆび》の腹《はら》でなでる。

「うぎゃあああああっ。お助《たす》けをおおおおっ」

「――**翼《つばさ》。そいつから手《て》をはなせ**」

私《わたし》のピンチを救《すく》ってくださったのは、まさかの藤原《ふじわら》レンさん。

翼《つばさ》さんの肩《かた》を荒々《あらあら》しくつかみ、私《わたし》と翼《つばさ》さんを引《ひ》きはなす。

「はあ？　レンに命令《めいれい》される筋合《すじあ》いないんだけど」

あれ？　翼《つばさ》さんってやわらか美少年《びしょうねん》キャラだと思《おも》っていたのに……。

なんだかレンさんを相手《あいて》にすると雰囲気《ふんいき》ちがうんですけど……。

「いい機会《きかい》だ。どっちが上《うえ》か教《おし》えてやろうか」

殺気《さっき》だったレンさんと翼《つばさ》さんの雰囲気《ふんいき》に、ただならぬものを感《かん》じる。

「こらこら。お嬢《じょう》さんがおびえているよ。それよかポチ子《こ》ってなんだよ？」

和月《わつき》さんが制《せい》する横《よこ》で、私《わたし》もふるえながら「ケンカはやめてくださいぃぃぃぃ」と懇願《こんがん》した。

「ポチ子《こ》は……うちで飼《か》ってた犬《いぬ》の名前《なまえ》」

翼《つばさ》さんは、はずかしそうに頰《ほお》をそめる。

「**犬《いぬ》う？**」

和月《わつき》さんと私《わたし》の声《こえ》が思《おも》わずそろう。私《わたし》……犬《いぬ》に似《に》てるってことですか!?

「抱《だ》きしめてわかった。まつりちゃんはポチ子《こ》の生《う》まれ変《か》わりだ」

ウットリとした目《め》で翼《つばさ》さんが私《わたし》を見《み》るので、私《わたし》はヒッと小《ちい》さく悲鳴《ひめい》をあげる。

「ポチ子《こ》はさ。僕《ぼく》がつらいとき、なにも言《い》わずに側《そば》にいてくれてさ。コイツをギューッと抱《だ》きしめて眠《ねむ》ると、翌朝《よくあさ》には最高《さいこう》の気持《きも》ちで目覚《めざ》めるんだ。世界一《せかいいち》かわいい犬《いぬ》だよ」

そう言《い》いながら翼《つばさ》さんはスマホの写真《しゃしん》を見《み》つめる。

「世界一《せかいいち》かわいい犬《いぬ》……って……。コイツ、めちゃくちゃぶさいく……じゃね？」

画像《がぞう》を見《み》た和月《わつき》さんが顔《かお》を引《ひ》きつらせる。

チワワやミニチュアダックスフントのような目《め》のクリッとした犬種《けんしゅ》かと思《おも》ったら……。

よだれをたらしまくっているフレンチブルドッグちゃんではないですか！

「ぶさいくじゃない！　世界一《せかいいち》かわいいだろ！」

ムキになる翼《つばさ》さんを見《み》ているとこの子《こ》が本当《ほんとう》に好《す》きなのが伝《つた》わって……。

私《わたし》は翼《つばさ》さんに笑《わら》いかけた。

「かわいい。ポチ子《こ》さんかわいい笑顔《えがお》。翼《つばさ》さんの側《そば》にいられて、すごく幸《しあわ》せだったんですね」

その言葉《ことば》を聞《き》いた翼《つばさ》さんがハラハラとまた大粒《おおつぶ》の涙《なみだ》を流《なが》す。

「ポチ子《こ》……ありがとうー！」

そう言《い》い終《お》わらないうちに、翼《つばさ》さんがまた抱《だ》きついてくる。

「いいかげんに——**してくださいいいいいい！**」

ビュン！

絶叫《ぜっきょう》とともに、翼《つばさ》さんに向《む》かって渾身《こんしん》のまわし蹴《げ》りをおみまいしようとすると、和月《わつき》さんが私《わたし》の足首《あしくび》をいともかんたんにつかむ。

「翼《つばさ》もやりすぎだけど、僕《ぼく》ら『商品《しょうひん》』を傷《きず》つけてどうするの。マネージャーさん？」

「……あ」

私《わたし》、まだ『ごめんなさい』って言《い》っていない。

だから、私《わたし》はまだ彼《かれ》らのマネージャーなのだ。

私《わたし》は自分《じぶん》の夢《ゆめ》に向《む》かって進《すす》むため、いまから彼《かれ》らの夢《ゆめ》を犠牲《ぎせい》にする。

そうか。悪魔《あくま》は私《わたし》だ。

今日《きょう》は……その言葉《ことば》を言《い》うためにここに来《き》たんだ。

私《わたし》はギュッとこぶしをにぎりしめ、上《うえ》を見上《みあ》げる。

「はじめまして。日々野《ひびの》まつりです。——本日《ほんじつ》はおわびをしに参《まい》りました」

「うん。ごめんなさいもいいけど、この格好《かっこう》で聞《き》いてて大丈夫《だいじょうぶ》？」

そう言《い》われてみると——。和月《わつき》さんに足《あし》をつかまれたままだった。

キャアアアッ！

私《わたし》ってば、とんでもなくハレンチな格好《かっこう》になってるんですけど——っ！

バッと和月《わつき》さんの手《て》をはらい、リビングのすみで小《ちい》さくなる。

「大丈夫《だいじょうぶ》大丈夫《だいじょうぶ》。水玉《みずたま》なんて見《み》てないから」

「うん。ピンク色《いろ》だったのも、少《すこ》ししか見《み》てない♪」

和月《わつき》さんの言葉《ことば》に、翼《つばさ》さんもウンウンとうなずく。

「私《わたし》の話《はなし》を——**聞《き》いてください——っ！**」

またもやこんなに人《ひと》を罵倒《ばとう》するなんて。

いろんな意味《いみ》で芸能人《げいのうじん》さんってやっぱりすごいです。

「聞《き》かせてもらうか。その『ごめんなさい』を——ってその前《まえ》に、レン着替《きが》えてくれば？」

和月《わつき》さんの言葉《ことば》に、全員《ぜんいん》がハッとする。

「そうだった……。ふざけるな、**クソ女《おんな》あああああっ！**」

「その件《けん》についてだけは、すみませんでした！」

「だけ……だとおおおっ！」

烈火《れっか》のごとく怒《いか》り狂《くる》うレンさんに向《む》かい、私《わたし》は大《おお》きく頭《あたま》をさげるのでした。

「レン！　うちのポチ子《こ》に暴言《ぼうげん》を吐《は》いたらゆるさない」

そう言《い》ってから、翼《つばさ》さんは私《わたし》に向《む》きなおる。

「ポチ子《こ》、いい仕事《しごと》をしたね。いい子《こ》いい子《こ》。チュッ☆」

翼《つばさ》さんは満面《まんめん》の笑《え》みを浮《う》かべ、私《わたし》の頬《ほお》にキスをする。

「ヒイイイッ！　汚《きたな》い!!」

「……汚《きたな》いって……ヒドッ！」

「おい、翼《つばさ》！　だれがオマエのだ！　表《おもて》に出《で》ろ！」

つかみあうレンさんと翼《つばさ》さんが、リビングで格闘技《かくとうぎ》さながらのバトルをはじめました。

「暴力反対《ぼうりょくはんたい》！　穏便《おんびん》に！　穏便《おんびん》にいきましょ――――！」

私《わたし》の願《ねが》いをこめた声《こえ》はむなしく、リビングにこだまするのでした。

6 マネージャーはできません

ここは黒猫館《くろねこかん》402号室《ごうしつ》のリビング。

「……ここで一番怖《いちばんこわ》いのは和月《わつき》さんだったのですね……」

私《わたし》は動《うご》かなくなったレンさんと翼《つばさ》さんのすがたを思《おも》い出《だ》し、ポツリとつぶやく。

とつじょ火《ひ》ぶたが切《き》られたレンさんと翼《つばさ》さんの戦《たたか》いは、大事《おおごと》になる前《まえ》に終了《しゅうりょう》した。

――いや。正確《せいかく》に言《い》えば和月《わつき》さんがそうさせたのだ。

私《わたし》はそのときの光景《こうけい》を思《おも》い出《だ》し、ゾッと鳥肌《とりはだ》が立《た》つ。

髪《かみ》の毛《け》から水《みず》をしたたらせ、シャワーと着替《きが》えを終《お》えたレンさんがもどってくる。

レンさんは「まだいたのかよ」と言《い》いたげにジロリと私《わたし》をにらむと、先《さき》ほどと同《おな》じ位置《いち》にあるソファに腰《こし》をおろした。

沈黙《ちんもく》に耐《た》えられず、私《わたし》はすくっと立《た》ちあがり頭《あたま》をさげた。

「さきほどは大変失礼《たいへんしつれい》いたしました」

心《こころ》をこめて頭《あたま》をさげるが、レンさんは興味《きょうみ》がなさそうに、タオルで濡《ぬ》れた髪《かみ》をふいている。

「実《じつ》は今日《きょう》はおわびにまいりました。私《わたし》、女《おんな》の子《こ》たちをささえる仕事《しごと》がしたくって、この学園《がくえん》に入学《にゅうがく》しました。だから気持《きも》ち悪《わる》くて男子《だんし》の担当《たんとう》ができません。本当《ほんとう》にもうしわけありません！」

「「「……**気持《きも》ち悪《わる》いって**………」」」

魂《たましい》の告白《こくはく》の中《なか》で3男子《だんし》に一番《いちばん》ひびいた言葉《ことば》はそれだったらしい。

「俺《おれ》、人生《じんせい》ではじめて言《い》われたかも……ちょっと新鮮《しんせん》すぎて胸《むね》がドキドキする」

胸《むね》に手《て》をあてる和月《わつき》さんに、レンさんは「失礼《しつれい》なだけだろ」と一蹴《いっしゅう》する。

「でも納得《なっとく》したよ。まつりちゃんにとっては、僕《ぼく》らはゴミみたいなもんなのかぁ」

翼《つばさ》さんの言葉《ことば》に、私《わたし》はコクリと神妙《しんみょう》な顔《かお》をしてうなずく。

「……そんな大《おお》まじめな顔《かお》してうなずくなよ」

レンさんがあきれたようにボソリとつぶやく。

「ま。でも災難《さいなん》だったね」

いたわるような言葉《ことば》をかけられ、私《わたし》の目頭《めがしら》はカッと熱《あつ》くなった。

考《かんが》えてみれば、この学園《がくえん》に来《き》て和月《わつき》さんがはじめて。

はじめて、私《わたし》の気持《きも》ちによりそった発言《はつげん》をしてくれた人《ひと》でした。

「たとえゴミのような方《かた》でも、よりそってくださるその言葉《ことば》。心《こころ》の底《そこ》からうれしいです」

「うん、感謝《かんしゃ》されても、こううれしくない感《かん》じ？　はじめてだ」

「じゃあ。問題《もんだい》ないな」

レンさんの言葉《ことば》に、そこにいた全員《ぜんいん》がそちらを向《む》く。

「こっちもアンタはいらないし、アンタもここにいたくない。めでたしめでたしだ」

そうか！　クビにしてもらうパターンがありますよね！

当《あ》たり前《まえ》のことなのに、お恥《は》ずかしながら、まったく気《き》づきませんでした。

「レンさん、それです！」

私《わたし》はレンさんの提案《ていあん》に目《め》をかがやかせる。

「レンさんのことは、いままで出会《であ》った人《ひと》の中《なか》で一番感《いちばんかん》じが悪《わる》くって最低《さいてい》で、心《こころ》の中《なか》でたこ殴《なぐ》りにしてましたけど、いまはじめて1ミリだけ好感《こうかん》を持《も》ちました」

真顔《まがお》でレンさんに向《む》かって告白《こくはく》すると、ブッと和月《わつき》さんが肩《かた》をふるわせて笑《わら》う。

「——こちらの好感度《こうかんど》はこれ以上《いじょう》ないくらいさがりっぱなしだって、いいかげん気《き》づけよな」

レンさんからの好感度《こうかんど》がさがろうと関係《かんけい》ないのですが……怒《おこ》られそうなので、言葉《ことば》を飲《の》みこむ。

「それでは。さっさとお払《はら》い箱《ばこ》にしてください！」

「ポチ子《こ》。お払《はら》い箱《ばこ》って……まだ働《はたら》いてないじゃん」

OH《オー》！　NO《ノー》！

翼《つばさ》さん、するどいツッコミ！　日本生《にほんう》まれの私《わたし》ですが、改《あらた》めて日本語勉強《にほんごべんきょう》します！

「──僕《ぼく》は反対《はんたい》。ポチ子《こ》に僕《ぼく》らのマネージャーをしてほしい」

シュンと肩《かた》を落《お》とし、翼《つばさ》さんが口《くち》を開《ひら》く。

「ポチ子《こ》。僕《ぼく》らのマネージャーになってよ。大丈夫大丈夫《だいじょうぶだいじょうぶ》。レンなんてさ、おん──」

バチーーン！

和月《わつき》さんとレンさんが翼《つばさ》さんを本気《ほんき》でどつき、翼《つばさ》さんはキュウとないてマットに沈《しず》む。

「あの……いますごい音《おと》がしましたけど」

キュウ……と目《め》をまわしている翼《つばさ》さんを見《み》ても、ふたりは平然《へいぜん》としている。

「コイツは頑丈《がんじょう》だから大丈夫《だいじょうぶ》」

「そ。そ。大丈夫大丈夫《だいじょうぶだいじょうぶ》」

「でも……」

心配《しんぱい》する私《わたし》の両肩《りょうかた》を和月《わつき》さんがグイッとつかむ。

「そんなことより未来《みらい》の話《はなし》をしよう！　俺《おれ》としては非常《ひじょう》に残念《ざんねん》だけど、まつりちゃんがそう言《い》うなら仕方《しかた》ないな」

「でも……私《わたし》がマネージャーをしないと、みなさんは退学《たいがく》って校長先生《こうちょうせんせい》がおっしゃっていましたが……。それでも送《おく》り出《だ》していただけるんですか」

女《おんな》の子《こ》チームに行《い》けるのはうれしいですが、やはり3人《にん》のことは心配《しんぱい》です。

「──しずるのヤツ。そんなこと言《い》ったのか。ふざけやがって」

ボソリとつぶやくレンさんの声《こえ》が低《ひく》すぎて私《わたし》には聞《き》きとれない。

「あの……」

オロオロとする私《わたし》に気《き》づき、和月《わつき》さんが明《あか》るい声《こえ》を出《だ》す。

「大丈夫《だいじょうぶ》。……いろいろ策《さく》はあるから。それよりまつりちゃんにもお願《ねが》いがあるんだ」

いったいなにをたのまれるのでしょうか？　背中《せなか》をいやな汗《あせ》がつたいました。

7 期《き》間《かん》限《げん》定《てい》のお約《やく》束《そく》

「お願《ねが》い？」

自分《じぶん》たちが退学《たいがく》になるかも知《し》れないっていうのに、私《わたし》の気持《きも》ちを一番《いちばん》に考《かんが》えてくださる和月《わつき》さんのいうことならば、なんでも聞《き》きたい。

「不肖《ふしょう》・日々野《ひびの》まつり。私《わたし》にできることがありましたら、なんなりとおもうしつけください」

それを聞《き》いた和月《わつき》さんが破顔《はがん》する。

「よかった。お願《ねが》いっていうのはね、**来月《らいげつ》に開催《かいさい》されるコンサート型《がた》のオーディションがある。それまでの間《あいだ》だけ、俺《おれ》らのマネージャーのフリをしてもらいたいってことなんだ**」

和月《わつき》さんはそう言《い》うと、概要《がいよう》が書《か》かれた企画書《きかくしょ》を私《わたし》に手《て》わたす。

そうか。３人《にん》はこのコンサートに出《で》たいのか！

不定期《ふていき》に開催《かいさい》されるこのコンサートは、四《よ》ツ葉《ば》学園《がくえん》がさまざまな事務所《じむしょ》の中《なか》から選《えら》ばれた１社《しゃ》と協力《きょうりょく》し、デビューをかけておどって戦《たたか》うオーディションなのだ。

大《おお》きなステージを借《か》りておこなわれるコンサート形式《けいしき》のオーディションは、即日完売《そくじつかんばい》の超《ちょう》プレミアムチケットとともに、毎回話題《まいかいわだい》になっている。

「とくに今年《ことし》は――これがあるからね」

和月《わつき》さんはそう言《い》いながら、リモコンに手《て》をのばし、テレビのスイッチを入《い》れた。

テレビをつけると、画面《がめん》にはワイドショーが流《なが》れてる。

コンサート会場《かいじょう》にはアナウンサーと、サングラスのおじいちゃん。

『四《よ》ツ葉《ば》学園《がくえん》のＹＯＵ《ユー》たち、僕《ぼく》はこのステージで待《ま》ってるよ！　次《つぎ》のスターはＹＯＵ《ユー》たちだ！』

「この方《かた》は？」

「知《し》らないの!?　芸能事務所《げいのうじむしょ》『**ドリームシップ**』の社長兼《しゃちょうけん》プロデューサーの**ジョニー**さんだよ」

なるほど。男性《だんせい》アイドルグループを日本《にほん》で一番《いちばん》生《う》み出《だ》している生《い》きる伝説《でんせつ》みたいな人《ひと》だ。

「今回《こんかい》、はじめて四《よ》ツ葉《ば》学園《がくえん》が『ドリームシップ』と組《く》んで、『ドリームシップ』からデビューさせる芸能人《げいのうじん》を決《き》めるんだ」

「ここ数年《すうねん》『ドリームシップ』からデビューしたアイドルはいない。次《つぎ》に『ドリームシップ』からデビューできるのは何年後《なんねんご》になるかわからない。――だから絶対《ぜったい》に出《で》たい」

和月《わつき》さんの言葉《ことば》に翼《つばさ》さんも大《おお》きくうなずく。

「僕《ぼく》だって『ドリームシップ』からデビューするために、ほかは全部断《ぜんぶことわ》ってきたんだから」

「俺《おれ》も絶対《ぜったい》にあそこからデビューしたい。いや……しなきゃいけないんだ」

和月《わつき》さんと翼《つばさ》さん、そしてレンさんの並々《なみなみ》ならぬ気迫《きはく》に、本気度《ほんきど》が伝《つた》わってくる。

「マネージャー不在《ふざい》じゃコンサートのステージに立《た》つこともゆるされない。だからこ……そこまでは担当《たんとう》してもらえないかな」

『四《よ》ツ葉《ば》学園《がくえん》で待《ま》ってる』

あの日《ひ》。

コンサート会場《かいじょう》で私《わたし》にだけ聞《き》こえるようにささやかれた言葉《ことば》が、リアルに思《おも》い出《だ》される。

まだ会《あ》えていない大切《たいせつ》なあの子《こ》。

でもきっと、会《あ》って説明《せつめい》すればわかってくれるはず。

私《わたし》はグッとこぶしをにぎり、前《まえ》を向《む》いた。

「――わかりました。コンサートまでの間《あいだ》、精一杯《せいいっぱい》つとめさせていただきます」

女《おんな》の子《こ》による女《おんな》の子《こ》のための『アイドル伝説《でんせつ》』がはじまるのはそのあとだって、きっとあの子《こ》はわかってくれる。

「あの子《こ》のためにも、とっととこの大仕事《おおしごと》を片《かた》づけなければ！」

私《わたし》はそう誓《ちか》うのだった。

8 なりたい自分《じぶん》

四《よ》ツ葉《ば》学園《がくえん》・黒猫館《くろねこかん》４０２号室《ごうしつ》。

「はー。よかった。これで楽勝《らくしょう》だな。めでたい、めでたい」

リビングでは和月《わつき》さんがホッと一息《ひといき》つき、両手《りょうて》をあげてのびをする。

「和月《わつき》さん、いま楽勝《らくしょう》って言《い》いませんでした!?」

和月《わつき》さんはいたずらっ子《こ》のようにチロリと舌《した》を出《だ》す。

「こんなに早《はや》くコンサートが決《き》まると思《おも》わなくてさ。担当《たんとう》さんがいなくなってどうしようかと思《おも》ってたんだ。ま、出《で》られれば楽勝楽勝《らくしょうらくしょう》♪」

「すごい自信《じしん》。私《わたし》もみなさんのようになれればよいのですが……」

どちらかというとコンプレックスが強《つよ》い性格《せいかく》なので、自信《じしん》いっぱいの彼《かれ》らをみてあこがれとため息《いき》の入《い》りまじったような気持《きも》ちになる。

「なれるだろ。かんたんに」

「なれませんよ！　ヒエラルキーのてっぺんにいるから、そんな自信満々《じしんまんまん》でいられるんですよ。私《わたし》たち一般人《いっぱんじん》は、そんな風《ふう》にできてませんから」

レンさんは、私《わたし》のほうをチラリと見《み》ると言《い》った。

『なりたい自分《じぶん》』になったようにふるまえばいいんだ」

レンさんの言葉《ことば》の意味《いみ》がわからずに、私《わたし》はポカンとする。

「アンタが本当《ほんとう》に自信《じしん》を持《も》ちたいなら、すでに持《も》ってるようにふるまうんだよ。そうすれば、いつのまにか自分自身《じぶんじしん》になる」

私《わたし》はレンさんの顔《かお》を、マジマジと見《み》つめる。

「ヒュー！　レン様《さま》、やっさしぃ♪」

私《わたし》の視線《しせん》と和月《わつき》さんのツッコミにレンさんは、バツが悪《わる》そうに顔《かお》を赤《あか》らめる。

「コイツがバカすぎてイライラするから、教《おし》えてやっただけだ」

……それでも。うれしくて胸《むね》の中《なか》がほっこりと温《あたた》かくなる。

「『なりたい自分《じぶん》になったようにふるまう』。みなさんもそうなんですか？」

「まぁね。まつりちゃんだったら『手術《しゅじゅつ》が苦手《にがて》で成功《せいこう》するか心配《しんぱい》です』って正直《しょうじき》に言《い》うお医者《いしゃ》さんと、同《おな》じくらい心配《しんぱい》でも、『大丈夫《だいじょうぶ》です。まかせてください』って笑顔《えがお》で握手《あくしゅ》してくれるお医《い》者《しゃ》さん、どっちにたのむ？」

「後者《こうしゃ》ですね。まちがいなく……」

あ、そういうことか！　心配《しんぱい》そうな顔《かお》をしないのも、プロとしての彼《かれ》らのお仕事《しごと》なんだ。

それは、アイドルじゃなくたって同《おな》じことにちがいない。

「レンさん。すごく勉強《べんきょう》になりました」

ピンポーン。

玄関《げんかん》のドアのインターフォンが鳴《な》っている。

「いっ……てて……あれ？　お客《きゃく》さん？」

復活《ふっかつ》した翼《つばさ》さんは頭《あたま》をなでながら、ゆっくりと立《た》ちあがる。

「しっ。声《こえ》を出《だ》すな」

レンさんが翼《つばさ》さんの口《くち》を自分《じぶん》の右手《みぎて》で強引《ごういん》にふさぐ。

「居留守《いるす》はよくないと思《おも》います」

小声《こごえ》で抗議《こうぎ》する私《わたし》に、

「オマエもだまれ」

と、レンさんは反対《はんたい》の手《て》で私《わたし》の口《くち》をふさぐ。

ピンポーン。

ピンポーン。ピンポーン。

「うるさいな……」

翼《つばさ》さんが顔《かお》をしかめながら、耳《みみ》をふさぐ。

ピンポン。ピンポン。ピンポン。ピンポン。ピンポン。ピンポン。ピンポンッ。

ぎゃ――っ。コワイ！

怒《おこ》っているかのようにしつようなほど、だれかが呼《よ》び鈴《りん》を連打《れんだ》しまくる。

「私《わたし》……出《で》てきます」

私《わたし》はたまらず立《た》ちあがり、玄関《げんかん》のほうへと向《む》かう。

「ダメだ。まつりちゃん！」

和月《わつき》さんの制止《せいし》する声《こえ》が聞《き》こえるが、このまま鳴《な》らされつづけたら大変《たいへん》です。

「まつりっ。ふせろ！」

追《お》いかけてきたレンさんが、後《うし》ろから腕《うで》をまわして引《ひ》きよせる。

ギャッ。気持《きも》ち悪《わる》いからやめてください！

そう叫《さけ》ぶ前《まえ》に、レンさんはかばうように私《わたし》を抱《だ》きしめた。

その瞬間《しゅんかん》——。

ガシャーンッ！

ドアが飛《と》ばされ、笑顔《えがお》で人《ひと》が入《はい》ってくる。

テロ!?

テロリストの襲来《しゅうらい》ですか!?

目《め》をパチクリさせる私《わたし》が見《み》たのは——。

さきほどまで校長室《こうちょうしつ》にいらした斉賀《さいが》しずる——この学園《がくえん》の校長先生《こうちょうせんせい》でした。

9　テロリスト襲来《しゅうらい》!?

四《よ》ツ葉《ば》学園《がくえん》。黒猫館《くろねこかん》・４０２号室《ごうしつ》。

玄関《げんかん》ドアがあった場所《ばしょ》に優雅《ゆうが》にたたずむまさかの来客《らいきゃく》に、私《わたし》たちはぼうぜんとその人《ひと》のすがたを見《み》つめる。

「レン。翼《つばさ》。和月《わつき》。ひどいなぁ。何度《なんど》も電話《でんわ》したのに。これはお仕置《しお》きしないとな」

肩《かた》にかかったホコリを優雅《ゆうが》に払《はら》いながら、ズカズカとあがりこんできた。

「はっ。しずるの電話《でんわ》に出《で》るわけないだろ。呪《のろ》いだ呪《のろ》い」

「――年上《としうえ》には口《くち》をつつしめ」

レンさんがゴムまりのようにふっとばされ、私《わたし》はあんぐりと口《くち》を開《あ》ける。

「しずる！　権力《けんりょく》をかさに着《き》て土足《どそく》でここに上《あ》がりこむな！」

「そうだ。帰《かえ》れ！　帰《かえ》れ！」

そう抗議《こうぎ》する和月《わつき》さんと翼《つばさ》さんまでもが、あっけなくふっとばされる。

校長先生《こうちょうせんせい》、鬼強《おにつよ》っ！

あの３人《にん》が、まるで赤子《あかご》のようだ。

こんなオソロシイ先生《せんせい》にむかって猛抗議《もうこうぎ》をしていたなんて……。

いまさらながら、背中《せなか》に冷《つめ》たい汗《あせ》が流《なが》れる。

校長先生《こうちょうせんせい》は獲物《えもの》を見《み》つけた虎《とら》のように、ズシリズシリと私《わたし》の前《まえ》まで歩《ある》いてくる。

「はわわわ。命《いのち》だけは……命《いのち》だけはお助《たす》けをおおお！」

まだあの子《こ》にも会《あ》えていないんだから。

涙《なみだ》を流《なが》しながら、懇願《こんがん》する私《わたし》の肩《かた》を、校長先生《こうちょうせんせい》は優《やさ》しくたたく。

「日々野《ひびの》さん。話《はなし》はまとまった？」

キラキラ笑顔《えがお》の後《うし》ろに３つの屍《しかばね》の山《やま》をきずき、私《わたし》にだけほほえみかけられても……。

「はい。せんえつながら私《わたし》がマネージャーをつとめさせていただくことになりました」

「それはよかった」

校長先生《こうちょうせんせい》はそう言《い》うと、ズシーン！　と紙《かみ》の束《たば》を私《わたし》に手《て》わたす。

私《わたし》はあまりの重《おも》さに腰《こし》が砕《くだ》けそうになる。

「この書類《しょるい》の山《やま》はなんですか？」

顔《かお》を引《ひ》きつらせながら聞《き》くと、校長先生《こうちょうせんせい》はシレッとのたまう。

「**主《おも》に、クレームに問《と》い合《あ》わせかな**」

なにごと!? と私《わたし》が3人《にん》を見《み》ると、全員《ぜんいん》が気《き》まずそうに顔《かお》をそらす。

「この人《ひと》たち業界《ぎょうかい》ではカーナーリ評判悪《ひょうばんわる》いから。それからこっちが学校《がっこう》から」

ひいいいっ。さらにもう一山《ひとやま》増《ふ》えました！

「それから彼《かれ》らのスケジュールやマニュアル関連《かんれん》がこっちね」

3つ目《め》の山《やま》が積《つ》まれ、私《わたし》は悲鳴《ひめい》をあげる。

「これは……一体《いったい》どういうことなのでしょうか？ 私《わたし》にはなにがなんだか」

「まず一番初歩《いちばんしょほ》の初歩《しょほ》としてダメなのが**遅刻《ちこく》**だね」

「……遅刻《ちこく》」

「すっぽかしとかふつうにやるからね。この子《こ》たちは」

「仕事《しごと》つめこみまくるのはどっちだよ！」

ギャーギャーと言《い》いあう男子《だんし》たち（校長先生《こうちょうせんせい》まで！）を見《み》つめ、クラリとめまいがする。

ブチリ。

自分《じぶん》の中《なか》の堪忍袋《かんにんぶくろ》の緒《お》がきれる音《おと》がする。

「いいかげんにしなさい！　ケンカをやめないとこうですよ……」

私《わたし》は大《おお》きく深呼吸《しんこきゅう》をすると、大画面《だいがめん》テレビに手《て》をかける。

「ぬおおおおおおおおおっ！」

火事場《かじば》のバカ力《ぢから》とはこのことでしょうか。特大《とくだい》サイズのテレビをかろうじて持《も》ちあげる。

「わかった。俺《おれ》らが悪《わる》かった。まつりちゃん、おちついてっ」

和月《わつき》さんがなだめにかかり、翼《つばさ》さんもブンブンと大《おお》きくうなずく。

「ポチ子《こ》。いい子《こ》だから。それを置《お》け。な？」

私《わたし》はもう一度《いちど》、和月《わつき》さんと翼《つばさ》さんの顔《かお》を見《み》る。

怒《いか》りが静《しず》まってくると、どっとテレビの重《おも》さが両腕《りょううで》にのしかかる。

「お……重《おも》い。おち………ま………すっ！」

そう叫《さけ》ぶより少《すこ》し早《はや》く、レンさんがかけよりテレビをささえてくれた。

救世主《きゅうせいしゅ》！　レンさん、ナイスジョブ！

「レンさん……ありがとうございます！」

「いいから。さっさとよけろ！　翼《つばさ》、和月《わつき》、手伝《てつだ》え！」

レンさんの声《こえ》に、翼《つばさ》さんと和月《わつき》さんがささえにいく。

「オマエ！　あとで説教《せっきょう》だからな！」

「ひいいいっ。すみませんー！」

クワッとレンさんが怒鳴《どな》り、私《わたし》は肩《かた》をすくませる。

そんなやりとりに、校長先生《こうちょうせんせい》が口元《くちもと》にまんぞくげな笑《え》みをうかべていたことに、私《わたし》たちはぜんぜん気《き》づいていなかった。

「そういえば日々野《ひびの》さん。君《きみ》は久《ひさ》しぶりの登校《とうこう》でしょ？　一度学校《いちどがっこう》に行《い》かなくていいのかな？」

校長先生《こうちょうせんせい》の言葉《ことば》に私《わたし》は目《め》を見開《みひら》き、「忘《わす》れてました……」と青《あお》ざめる。

「いいよ。いっしょに行《い》こう」

「いえいえっ。校長先生《こうちょうせんせい》といっしょに登校《とうこう》なんてできません！」

校長先生《こうちょうせんせい》といえど殿方《とのがた》。

なるべくいっしょにいたくないというのが正直《しょうじき》なところです。

辞退《じたい》しようとすると、３人《にん》がギラギラした目《め》で私《わたし》の肩《かた》をつかむ。

「しずるを連《つ》れていくんだ、まつりちゃん」

和月《わつき》さんがそう言《い》い終《お》わるか終《お》わらないかのうち、翼《つばさ》さんが激《はげ》しく同意《どうい》する。

「ポチ子《こ》、そいつを遠《とお》くの遠《とお》くへすてにいってくれ！　ポチ子《こ》にしかできない仕事《しごと》だ」

私《わたし》は最後《さいご》にレンさんの顔《かお》を見《み》る。

レンさんは少《すこ》しだけこまったような顔《かお》をしながら、ボソリと言《い》う。

「――たのむ」

「はいっ。わかりました」

「そんな風《ふう》に言《い》われたら、ここに残《のこ》りたくなるよな」

ボソリとつぶやく校長先生《こうちょうせんせい》の腕《うで》を、気持《きも》ち悪《わる》いですがグイッとひっぱりながら強引《ごういん》に玄関《げんかん》のほうへ向《む》かっていく。

「さ。校長先生《こうちょうせんせい》。行《い》きましょう！」

なんだろう。３人《にん》のことなんてぜんぜんなんとも思《おも》っていないはずなのに、少《すこ》しだけうれしい。

そうか。あの３人《にん》が本気《ほんき》でたよってくれたからだ。

いままでだれかに期待《きたい》されたり、たよられたことなんて、一度《いちど》もなかったから……。

コンサートで出会《であ》ったレンの顔《かお》が脳裏《のうり》をよぎる。

あの子《こ》にたよってもらえたら、どんなにうれしいだろう。

そんなことを考《かんが》えながら、私《わたし》は校長先生《こうちょうせんせい》を連《つ》れて学生寮《がくせいりょう》をあとにした。

10 校長《こうちょう》先生《せんせい》と私《わたし》②

引きずりだすように校長先生《こうちょうせんせい》を『黒猫館《くろねこかん》』から連れだし、学園内《がくえんない》の緑道《りょくどう》をふたりならんで歩《ある》く。

風《かぜ》がふくたびにさやさやと葉《は》がゆれ、目《め》をつぶって聞《き》いていたくなる。ここが東京《とうきょう》の一等地《いっとうち》だなんて、本当《ほんとう》に信《しん》じられない。

さすが日本一《にほんいち》の芸能学園《げいのうがくえん》・四《よ》ツ葉学園《ばがくえん》のなせる業《わざ》だ。

「……ところで、いつまで熱心《ねっしん》にハンカチで手《て》をふいているのかな？」

苦笑《くしょう》する校長先生《こうちょうせんせい》に向《む》かい、私《わたし》は急《いそ》いでハンカチをしまう。

「すみませんっ。まだ気持《きも》ち悪《わる》かったもので！」

「……」

だまりこんでしまう校長先生《こうちょうせんせい》の顔《かお》を見《み》て、思《おも》いだす。

そうでした。この方《かた》はまるで阿修羅《あしゅら》のようなお方《かた》だったんでした！

「ぷっ。考《かんが》えていることが手《て》にとるようにわかるな、君《きみ》は。大丈夫《だいじょうぶ》だよ。むしろあんなところを見《み》せて悪《わる》かったね」

クスクスと笑《わら》う校長先生《こうちょうせんせい》が、さっきまでのアサシンと結《むす》びつかない。

「でも校長先生《こうちょうせんせい》を名前《なまえ》で呼《よ》ぶなんて……。目上《めうえ》の方《かた》にはキチンとした態度《たいど》をとれるようになっていただかないと」

「それはたのもしいな」

期間限定《きかんげんてい》であっても、マネージャーをしている間《あいだ》はちゃんとやりたい。

ふしぎだ。

時間《じかん》が限《かぎ》られているとわかっているだけで、優先順位《ゆうせんじゅんい》がクリアに見《み》えてくる。

問題《もんだい》は、あの問題児軍団《もんだいじぐんだん》に伝《つた》わるかどうかだ……。

さきほどのケンカを思《おも》いだし、クスッと笑《わら》いがこみあげる。

「どうしたの？」

「いえ。まるで兄弟《きょうだい》ゲンカみたいだったなと思《おも》いまして」

そもそも3人《にん》と先生《せんせい》の関係《かんけい》はどうなってるんでしょう？

あんなにざっくばらんに言《い》いあえるなんて、ふつうじゃ考《かんが》えられない。

「まぁ。**兄弟**《きょうだい》だからなぁ」

「へー。そうなんですか……って、**うえええええええっ!?**」

サラッと爆弾発言《ばくだんはつげん》をする校長先生《こうちょうせんせい》に、目《め》がとびだしそうになる。

「ま。兄弟《きょうだい》って言《い》っても和月《わつき》だけ」

「……そうなんですか」

校長先生《こうちょうせんせい》の顔《かお》をマジマジと見《み》つめる。

そう言《い》われてみると、校長先生《こうちょうせんせい》と和月《わつき》さんってどことなく雰囲気《ふんいき》が似《に》ている。

「ま。残《のこ》りのふたりとも現場《げんば》で会《あ》うことがあってさ。よく面倒《めんどう》みてやってたんだよ。血《ち》はつながってないけど、アイツらも弟《おとうと》みたいなものかな。あ。3人《にん》にはヒミツ。——勝手《かって》に言《い》うと怒《おこ》られるから」

シーッと人差《ひとさ》し指《ゆび》をたて、校長先生《こうちょうせんせい》はウィンクした。

そのすがたが決《き》まりすぎていて、まるでドラマのワンシーンのようだ。

「そのくらいハッキリ言《い》いあえる関係《かんけい》ならば、伝《つた》わる部分《ぶぶん》もあるのかも知《し》れませんね」

和月《わつき》さんと校長先生《こうちょうせんせい》がいっしょに生活《せいかつ》していた時間《じかん》があったことも大《おお》きいのかもしれない。

ただ会《あ》って命令《めいれい》して命令《めいれい》されて……。

そんな関係《かんけい》の中《なか》で、強《つよ》い信頼感《しんらいかん》が生《う》まれるとは思《おも》えない。

「それならば。なおさら和月《わつき》さんたちをクビにするなんて……かわいそうじゃないですか」

おずおずともうしでると校長先生《こうちょうせんせい》はケラケラと笑《わら》う。

「ま。君《きみ》がマネージャーになってくれたんだから、もういいじゃない。ありがとう」

ズキリ。

校長先生《こうちょうせんせい》の言葉《ことば》に左胸《ひだりむね》が痛《いた》み、私《わたし》は無意識《むいしき》に心臓《しんぞう》の側《そば》に手《て》をあてる。

「さあ着《つ》いた。期待《きたい》しているよ。日々野《ひびの》まつりさん」

「——はいっ。がんばります！」

早《はや》く会《あ》いたい。——あの少女《しょうじょ》に。

校舎《こうしゃ》を見上《みあ》げ、私《わたし》の胸《むね》はトクトクと早鐘《はやがね》のように高鳴《たかな》った。

11　男《おとこ》の子《こ》の密談《みつだん》

四《よ》ツ葉《ば》学園《がくえん》。黒猫館《くろねこかん》４０２号室《ごうしつ》。

男子《だんし》が苦手《にがて》のヘンテコな女《おんな》の子《こ》が、まるで巫女《みこ》のように破壊神《はかいしん》を追《お》っ払《ぱら》うことに成功《せいこう》。

この部屋《へや》にようやく平和《へいわ》がおとずれた。

――が。

現実《げんじつ》はあまくない。

「あ～あ。派手《はで》に散《ち》らかしまくって。だれが片《かた》づけるんだよコレ……って、まつりちゃんにお願《ねが》いすればいいのか」

和月《わつき》はだれに言《い》うともなくつぶやき、立《た》ちあがる。

「それで？　さっきのクソ寒《さむ》い茶番《ちゃばん》はなんなんだよ」

レンは殺気《さっき》のこもった目《め》で和月《わつき》をにらみつけるが、和月《わつき》はそれを易々《やすやす》と受《う》けながす。

「えー？　あんまりかわいいから予定変更《よていへんこう》。あの子《こ》に俺《おれ》たちの担当《たんとう》やってもらおうと思《おも》って☆」

「冗談《じょうだん》はよせ。アイツは関係《かんけい》ない」

こともなげに言《い》うレンに向《む》かい、翼《つばさ》はヒューッと口笛《くちぶえ》をふく。

「さっきから思《おも》ってたんだけどぉ。レン君《くん》って、まつりちゃんに超《ちょう》やさしーよね☆」

「はあっ!?」

翼《つばさ》のツッコミに、和月《わつき》も大《おお》きくうなずく。

「俺《おれ》も思《おも》った！　なにこれ、これがあの藤原《ふじわら》レン!?　ってさ。何度《なんど》も心《こころ》の中《なか》で問《と》いかけたもん」

和月《わつき》は先《さき》ほどまでのことを思《おも》いだし、クスクスと笑《わら》いだす。

「……俺《おれ》はふつうだ」

「**「ふつうじゃない！」**」

目《め》をふせるレンに対《たい》し、翼《つばさ》と和月《わつき》が同時《どうじ》にツ

ツコむ。

「だいたい、いきなり『気持《きも》ちが悪《わる》い』ってもどされたら、死亡《しぼう》フラグ決定《けってい》でしょ！　僕《ぼく》は死人《しにん》が出《で》るかと思《おも》ったけどね～」

翼《つばさ》はテーブルにのっていたロリポップをなめながら、物騒《ぶっそう》なことを言《い》う。

「――**俺《おれ》らのヒミツ。バレたらどうするんだよ**」

声《こえ》を落《お》としたレンがふたりにだけ聞《き》こえるような小声《こごえ》でささやき、和月《わつき》は爆笑《ばくしょう》する。

「あの子《こ》、鈍感《どんかん》そうだしなにより男嫌《おとこぎら》いなんでしょ。バレないバレない♪　ノープロブレム☆」

「あははは。レンのくせに臆病風《おくびょうかぜ》にでも吹《ふ》かれたのかよ」

和月《わつき》があっけらかんと言《い》うと、翼《つばさ》もケラケラと笑《わら》う。

「笑《わら》い事《ごと》じゃないだろ！　絶対《ぜったい》にアイツにだけは……」

そこまで言《い》うと、レンはしまったと口《くち》をつぐむ。

「へえええっ。つまり、レン様《さま》は、まつりちゃんだけにはヒミツを知《し》られたくないんだ。へー。ほー。ほー。おどろいたなぁ」

「はいはーい！　僕《ぼく》も！　僕《ぼく》もあの子《こ》が気《き》に入《い》った！」

和月《わつき》の言葉《ことば》にかぶせるように、翼《つばさ》が手《て》をあげウキウキと話《はな》しだす。

「翼《つばさ》もマジなの!?　めずらしいな」

和月《わつき》の問《と》いかけに、翼《つばさ》はアメをかみくだく。

「ポチ子《こ》から、僕好《ぼくごの》みのいいにおいがしたんだよねぇ」

その顔《かお》はいつもの美少年《びしょうねん》キャラとはちがう、翼《つばさ》の本当《ほんとう》の顔《かお》だ。

「ケダモノ。なんだよ、さっきの作り話《つくばなし》。オマエ犬《いぬ》なんて飼《か》ってなかっただろ」

レンは冷《つめ》たい視線《しせん》を翼《つばさ》に投《な》げるが、翼《つばさ》は口《くち》のはしを持《も》ちあげうすく笑《わら》う。

「えっ。あれって作《つく》り話《ばなし》!?」

和月《わつき》が本気《ほんき》でおどろいたあと、「翼《つばさ》にだまされた」と悔《くや》しがる。

「——腰《こし》。細《ほそ》かったなぁ。抱《だ》きしめたら折《お》れるかと思《おも》っちゃった」

チラリと挑発《ちょうはつ》するようにレンに視線《しせん》を送《おく》ったあと、翼《つばさ》はまつりを抱《だ》きしめたときのことを回想《かいそう》するかのように、両手《りょうて》でサイズを再現《さいげん》する。

「ヒュー！　翼君《つばさくん》、やーらしーっ☆」

はやしたてるような和月《わつき》の言葉《ことば》に、レンは眉間《みけん》にしわをよせる。

「——**翼《つばさ》。アイツに手《て》を出《だ》すな**」

「そうだぜ。翼《つばさ》。ここにいらっしゃるレンみたいに吐《は》かれるぜ。ぷぷぷ」

思《おも》いだして笑《わら》う和月《わつき》に向《む》かい、翼《つばさ》はニヤリと笑《わら》う。

「別《べつ》にぃ。強行突破《きょうこうとっぱ》できるなら、ポチ子《こ》にならば吐《は》かれてもいいけど、僕《ぼく》」

「うわっ。なにその問題発言《もんだいはつげん》！　翼《つばさ》ちゃんヘンタイ！」

茶化《ちゃか》す和月《わつき》に向《む》かい、翼《つばさ》は再度《さいど》ロリポップをかみくだく。

「恋愛《れんあい》ゲームってさ。障害《しょうがい》が多《おお》いほうが燃《も》えるじゃん」

「出《で》た出《で》た。見《み》た目《め》に似合《にあ》わない肉食発言《にくしょくはつげん》」

「翼《つばさ》！」

レンの冗談《じょうだん》にならない雰囲気《ふんいき》に、和月《わつき》はキョトンとする。

「おいおいレン。おまえおかしいぞ？　なにイライラしてんだよ。まさか本当《ほんとう》にあの子《こ》が気《き》に入《い》ってたりするわけ？」

「逆《ぎゃく》だ」

レンは静《しず》かに口《くち》を開《ひら》く。

「**俺《おれ》は──アイツなんて大嫌《だいきら》いだ**」

レンのキッパリとした言葉《ことば》にふたりは少《すこ》しだけおどろき、目《め》を見開《みひら》いた。

12 親《しん》友《ゆう》誕《たん》生《じょう》⁉　友《とも》坂《さか》千《ち》夏《なつ》

四《よ》ツ葉《ば》学《がく》園《えん》・第《だい》一棟《とう》。

ここは、芸《げい》能《のう》コースのメンバーが学《まな》ぶ専《せん》用《よう》の校《こう》舎《しゃ》だ。

「ひさしぶりだな……。学《がっ》校《こう》」

入《にゅう》学《がく》して数《すう》日《じつ》間《かん》は通《かよ》っていたけれど……。

入《にゅう》学《がく》早《そう》々《そう》お休《やす》みをしていた私《わたし》にとって、まるで転《てん》校《こう》生《せい》のようなアウェイ感《かん》がある。

「日《ひ》々《び》野《の》まつり……ってあなた？」

うわっ。めちゃくちゃ美《び》少《しょう》女《じょ》が私《わたし》に手《て》をあげ、声《こえ》をかけてくる。

私《わたし》がどうしてこの人《ひと》に声《こえ》をかけられたのかわからないが、とりあえずコクンとうなずく。

天《てん》使《し》のようにゆるくウェーブがかった髪《かみ》をなびかせ、こっちに向《む》かってやってくる。

ステキです。——上《じょう》半《はん》身《しん》だけは。

下《した》を見《み》ると制《せい》服《ふく》の下《した》にジャージをはき、見《み》た目《め》に似《に》合《あ》わない大《おお》股《また》でズンズン歩《ある》いている。

「はじめまして。私《わたし》は**友坂千夏《ともさかちなつ》**。まつり氏《し》に話《はなし》があって
——**ギャアアッ！**」

そこまで言《い》うと、千夏《ちなつ》さんは悲鳴《ひめい》とともに恐怖《きょうふ》で顔《かお》をゆがませる。

「いきなり人《ひと》の手《て》に頬《ほお》ずりしないでくれる!?」

千夏《ちなつ》さんはゴミを振《ふ》りはらおうとするかのように、力《ちから》いっぱい手《て》をふりまわす。

「ああ。女子《じょし》はやっぱりスベスベしていて気持《きも》ちいい……ではなくっ。すみません！　なんですか？」

千夏《ちなつ》さんはコホンと咳払《せきばら》いをすると、私《わたし》にこっそり耳打《みみう》ちする。

「今度《こんど》、あなたがレン様《さま》、翼様《つばささま》、和月様《わつきさま》のマネージャーをするって本当《ほんとう》？」

「あ……はい。いまのところそのようなことになりそうです」

ザワッ。

その言葉《ことば》を聞《き》いたクラスメイトたちが、私《わたし》の席《せき》に集《あつ》まってきた。

「ちょっと！　じゃあ、アンタはまだ3人《にん》からクビにされていないってこと!?」

あまりの剣幕《けんまく》にビックリしながら私《わたし》は小《ちい》さくうなずいた。

「女子《じょし》は男子《だんし》、男子《だんし》は女子《じょし》のマネージャーをしちゃいけないっていうのが、暗黙《あんもく》のルールだったはずなのにっ。なんで女《おんな》のアンタがマネージャーなのよおおおっ！」

泣《な》きだす子《こ》たちも続出《ぞくしゅつ》し、私《わたし》はオロオロしながら「すみません。すみません」と頭《あたま》をさげる。

「本当《ほんとう》にすみません。私《わたし》もまっぴらごめんなのですが……」

その言葉《ことば》を聞《き》いた女生徒《じょせいと》たちの目《め》が殺気《さっき》だつ。

「はあっ!? (怒《いか》) アンタ何様《なにさま》のつもり!?」

「どーゆーことっ!? レン様《さま》のマネージャーになって不満《ふまん》だって言《い》うの!?」

はいっ。激《はげ》しく不満《ふまん》ですっ！

自分《じぶん》の身《み》を守《まも》るためにウソをつくことも考《かんが》えましたが、さすがに良心《りょうしん》がとがめます。

そこで不満《ふまん》ではあるけれど、本当《ほんとう》に思《おも》っていた部分《ぶぶん》のみを口《くち》にする。

「私《わたし》ごときが担当《たんとう》するなんて、おそれおおいとは、いちおう、少《すこ》しは思《おも》っております」

「そりゃそうよ。わかってるならさっさと辞退《じたい》しなさいよ！」

うわあああっ。ギラギラした恐《おそ》ろしい狂犬《きょうけん》たちに取《と》りかこまれているようで怖《こわ》い！

「それはこまるなぁ。まつりちゃんが俺《おれ》らの担当《たんとう》してくれなきゃ、退学《たいがく》にされちゃうんだってさ、俺《おれ》たち3人《にん》」

背後《はいご》から聞《き》こえた声《こえ》に、教室中《きょうしつじゅう》がザワッとする。

一拍遅《いっぱくおく》れて私《わたし》も声《こえ》の主《ぬし》を見《み》てみると——。

「ね。まつりちゃん♪」

と、和月《わつき》さんがウィンクした。

「キャアアアアッ。和月様《わつきさま》ああああっ！　和月様《わつきさま》が教室《きょうしつ》にいらっしゃるなんてえええ！」

まるで羊《ひつじ》の大群《たいぐん》のように、女子《じょし》たちの群《む》れが和月《わつき》さんに向《む》かって突進《とっしん》していく。

「——こっち！」

千夏《ちなつ》さんが私《わたし》の手《て》をつかみ、私《わたし》は教室《きょうしつ》から連《つ》れだされかけた。

「で……でも。和月《わつき》さんが」

マネージャーとしてこのまま放《ほう》っておくわけにはいきません。

「あなたが行《い》くと余計《よけい》ややこしくなるから！　ほら早《はや》く！」

クラスメイトたちは和月《わつき》さんの登場《とうじょう》に夢中《むちゅう》で、だれも気《き》にしていない。

私《わたし》は千夏《ちなつ》さんの目《め》を見《み》てうなずくと、いっしょに教室《きょうしつ》をぬけだした。

13 千夏《ちなつ》と約束《やくそく》

四《よ》ツ葉《ば》学園《がくえん》・第《だい》一棟《とう》の屋上《おくじょう》。

「ふー。芸能人《げいのうじん》を見慣《みな》れている我《わ》が校《こう》でこの人気《にんき》。やはりすごいわ、小笠原和月《おがさわらわつき》……ってアナタはなにをウットリしているの？」

顔《かお》を引《ひ》きつらせる千夏《ちなつ》さんに向《む》かい、私《わたし》は頰《ほお》をそめる。

「美少女《びしょうじょ》に教室《きょうしつ》から連《つ》れだされ……まるで映画《えいが》のワンシーンのように美《うつく》しい光景《こうけい》だと思《おも》いまして」

「答《こた》えなくていいけど、それ恋愛映画《れんあいえいが》とか言《い》わないわよね……」

はっ。私《わたし》としたことが約束《やくそく》した子《こ》がいるというのに、うっかりトキメイてしまいました！

さすがは日本一芸能人《にほんいちげいのうじん》が通《かよ》う四《よ》ツ葉《ば》学園《がくえん》。

こんなに美《うつく》しい女《おんな》の子《こ》に会《あ》えるなんて、感動《かんどう》ですっ。

「なんかひとりの世界《せかい》に入《はい》ってるところ悪《わる》いけど、話《はなし》を進《すす》めていいかしら？」

「はいっ。すみません。千夏《ちなつ》さんは和月《わつき》さんのファンなんですか？」

その問《と》いかけに、千夏《ちなつ》さんはニヤリと笑《わら》う。

「ファン!? とんでもない！ 私《わたし》は小笠原《おがさわら》和月《わつき》、谷口翼《たにぐちつばさ》、そして悪《あく》の権化《ごんげ》──藤原《ふじわら》レンを呪《のろ》っているのっ」

そう言《い》うと、千夏《ちなつ》さんはガシッと私《わたし》の両腕《りょううで》をつかむ。

「日々野《ひびの》さんっ。お願《ねが》い！」

さっきのよいにおいのする女子《じょし》の手《て》が、私《わたし》の手《て》をギュッとにぎりしめる。

「『あの3人《にん》』のヒミツを探《さぐ》って！ あの3人《にん》の隠《かく》されたヒミツを、私《わたし》だけに教《おし》えて」

「3人《にん》の……ヒミツ？」

私《わたし》は思《おも》わず首《くび》をかしげる。

ヒミツって、ナイショにしておきたいことですよね……。

ナイショにしておきたいことを暴《あば》いて、さらに人様《ひとさま》に教《おし》えるなんて……。

「大変《たいへん》もうしわけありませんが、私《わたし》は人道《じんどう》に反《はん》することはしない主義《しゅぎ》です」

そう言《い》うと、フワッと花《はな》のようなあまい香《かお》りが鼻腔《びこう》いっぱいにひろがる。

私《わたし》……。千夏《ちなつ》さんに抱《だ》きしめられてる!?

「ああ。まつり！　かわいいっ。**あなたの友《とも》だち**がお願《ねが》いしてるんだよ？」

友《とも》だち？

私《わたし》と……この美《うつく》しい人《ひと》が？

「あの……展開《てんかい》がはやすぎて私《わたし》、ついていけてないのですが」

「うるさい。とにかく、まつりと私《わたし》は友《とも》だち。友《とも》だちのたのみにはなにがあってもこたえるのが**親友《しんゆう》**ってもんでしょ？」

千夏《ちなつ》さんは抱《だ》きしめていた腕《うで》をはなすと、私《わたし》の鼻《はな》の頭《あたま》を人差《ひとさ》し指《ゆび》でピンとはじく。

「イキナリ親友《しんゆう》ですかっ!?　恥《は》ずかしながら親友《しんゆう》というものをもったことがなくって」

そんな私《わたし》が出会《であ》った瞬間《しゅんかん》、この美少女《びしょうじょ》と親友《しんゆう》になるなんて……。

しかも、親友《しんゆう》とは出会《であ》った瞬間《しゅんかん》にできるものだなんて知《し》りませんでした。

「親友《しんゆう》はね、学校《がっこう》では休《やす》み時間《じかん》もごはんも全部《ぜんぶ》いっしょ☆」

この美少女《びしょうじょ》と毎日《まいにち》いっしょ!?

「それは、まるで恋人同士《こいびとどうし》みたいではないですか」

「そうよ！　**まるで恋人《こいびと》**よ！」

ほえーっ。なんだかすごいですね！

「どう？　それなら教《おし》えてくれる？」

「……でもやはり人《ひと》の道《みち》に反《はん》することは……できません。ごめんなさい」

ションボリと千夏《ちなつ》さんに向《む》かって頭《あたま》をさげると、

「かわいいっ！　まつり氏《し》、最高《さいこう》にかわいい！」

千夏《ちなつ》さんが再度《さいど》私《わたし》を抱《だ》きしめる。

「いきなりヒミツを探《さぐ》れなんて言《い》われたら、ビックリしちゃうよね。ごめんごめん。私《わたし》いつも話《はなし》が下手《へた》だって言《い》われて」

千夏《ちなつ》さんはチロッとかわいく舌《した》を出《だ》す。

「たしかに展開《てんかい》が速《はや》すぎて千夏《ちなつ》さんとの会話《かいわ》についていけていない自分《じぶん》がいます」

「私《わたし》はまつり氏《し》と親友《しんゆう》になって毎日《まいにち》お話《はなし》がしたいの。小笠原和月《おがさわらわつき》と谷口翼《たにぐちつばさ》と藤原《ふじわら》レンのこと、毎《まい》日全部《にちぜんぶ》聞《き》かせてくれる？　私《わたし》、まつりといっぱい話《はな》したい」

「ふつうのおしゃべりってことですか？」

「そうそう。ふつうのおしゃべり。――ネタは私《わたし》が引《ひ》きだすから」

「あの。千夏《ちなつ》さん、よく聞《き》こえなかったのですが」

千夏《ちなつ》さんが後半《こうはん》ボソッとつぶやいた言葉《ことば》が聞《き》こえず、問《と》いかえすと千夏《ちなつ》さんは笑顔《えがお》で「なんでもな～い☆」と屈託《くったく》なく笑《わら》う。

「これからずっといっしょにいる。私《わたし》の質問《しつもん》には全部《ぜんぶ》こたえる。いい？――約束《やくそく》よ」

千夏《ちなつ》さんのいきおいに気圧《けお》され、私《わたし》は思《おも》わず「はい……」と答《こた》えた。

「キャー！　やった☆　まつり氏《し》、だーいすき☆」

私《わたし》の答《こた》えを聞《き》いた瞬間《しゅんかん》、千夏《ちなつ》さんに思《おも》いきり抱《だ》きしめられる。

こんな美少女《びしょうじょ》に抱《だ》きしめられているのに、背中《せなか》がゾワゾワするというか……不安《ふあん》な気持《きも》ちが黒《くろ》い雲《くも》のように心《こころ》に影《かげ》をおとしはじめる。

もしかして……。

私《わたし》、とんでもない約束《やくそく》をしてしまったのでしょうか……。

そんなことを考《かんが》える私《わたし》をジッと見《み》つめる人影《ひとかげ》に、私《わたし》はぜんぜん気《き》づきませんでした。

14　不本意《ふほんい》な決意《けつい》

黒猫館《くろねこかん》・４０２号室《ごうしつ》。

ガラクタとホコリにまみれた洋間《ようま》の一室《いっしつ》、通称《つうしょう》『**異世界**《いせかい》』の扉《とびら》が、いまゆっくりと開《ひら》かれた。

不吉《ふきつ》なオーラをかもしだす異世界《いせかい》の扉《とびら》を開《ひら》いた瞬間《しゅんかん》——。

「——**ブハッ。ゲホゲホゲホッ！**」

いままでにかいだことのないようなキョーレツなにおいが脳天《のうてん》を直撃《ちょくげき》する。

追《お》い打《う》ちのようなホコリっぽさに、私《わたし》は顔《かお》をそむけ激《はげ》しく咳《せ》きこんだ。

さすが異世界《いせかい》！　想像以上《そうぞういじょう》です！

こっちは完全防備《かんぜんぼうび》でゴーグルとマスクをしているのに……。

気持《きも》ちを強《つよ》くもたないと、意識《いしき》が一瞬《いっしゅん》で遠《とお》のいてしまいそうです。

ゴクリ。

つばをのみこみ、私《わたし》はそうっと親指《おやゆび》の先《さき》っちょだけ部屋《へや》の中《なか》に足《あし》をふみいれた。

すると薄《うす》く積《つ》もった雪原《せつげん》についた狐《きつね》の足跡《あしあと》のように、床《ゆか》には小《ちい》さな模様《もよう》ができる。

「ここが5秒以上開《びょういじょうひら》いてるのって、何年《なんねん》ぶりだ？」

あきれたようにつぶやくレンさんの横《よこ》では、

「まつりちゃんっ。おちつこう。ここは本当《ほんとう》に危険《きけん》なんだ！　早《はや》く閉《し》めて！」

と、和月《わつき》さんが全力《ぜんりょく》で私《わたし》を説得《せっとく》しようとしている。

「ポチ子《こ》！　命《いのち》を粗末《そまつ》にしちゃダメだ！　これ以上《いじょう》ここにいたら、死《し》んじゃうよ！」

ゴゴゴゴ――――ッ。

3人《にん》の言葉《ことば》に怒《いか》りがこみあげる。

「こんな危険《きけん》な場所《ばしょ》を作《つく》りだしたのは、あなたたちじゃないですかあああああっ！」

叫《さけ》んだひょうしに息《いき》をめいっぱい吸《す》いこんでしまい、クラクラとめまいがする。

逃《に》げちゃダメだ……！

「……日々野《ひびの》まつり、いざまいります！」

私《わたし》はそう宣言《せんげん》すると、ピンク色《いろ》のハタキをかかげ、汚部屋《おべや》へと突入《とつにゅう》した。

「ポチ子《こ》すげー。ジャンヌダルクみたいだっ」

「まつりちゃん、もどってこおおおおおおおおい！」

ふたりの制止《せいし》をふりきり、私《わたし》はその部屋《へや》に突入《とつにゅう》した。

『あかずの間《ま》』は、通称《つうしょう》・異世界《いせかい》。

3人《にん》がいらなくなったものをバンバン投《な》げすてている禁断《きんだん》の部屋《へや》だ。

ムダに広《ひろ》くて、部屋数《へやかず》が多《おお》いのも考《かんが》えものですね……。

「それでは。みなさんはレッスンに行《い》ってください。アイルビーバックです！」

私《わたし》はグッと親指《おやゆび》をつきたて、ゆっくりと扉《とびら》をしめる。

「――1日《にち》で終《お》わらせます！」

クワッと目《め》を見開《みひら》き、人間業《にんげんわざ》とは思《おも》えない動《うご》きで片《かた》づけをはじめるのでした。

15 まつりの反撃《はんげき》

四《よ》ツ葉《ば》学園《がくえん》・黒猫館《くろねこかん》。402号室《ごうしつ》。

ふだんは閉《と》じられた『異世界《いせかい》』と呼《よ》ばれる部屋《へや》から、話《はな》し声《ごえ》が聞《き》こえる。

「ポチ子《こ》でかした！　めちゃくちゃキレイになったじゃん！　ここ！」

いの一番《いちばん》に足《あし》をふみいれた翼《つばさ》さんは感動《かんどう》しながら、キョロキョロとまわりを物色《ぶっしょく》する。

「——天井《てんじょう》が窓《まど》になってたなんて、知《し》らなかった」

「えええええっ!?　そこまでですか？」

レンさんの衝撃発言《しょうげきはつげん》に、和月《わつき》さんと翼《つばさ》さんも大《おお》きくうなずく。

「こんなステキな部屋《へや》が、どうして『あかずの間《ま》』になってしまったのでしょうか」

「まぁ。僕《ぼく》らが入《はい》る前《まえ》から代々《だいだい》ここは『あかずの間《ま》』だったからねぇ。興味本位《きょうみほんい》でのぞくやつはいても、片《かた》づけようって思《おも》うやつはいなかったんだ。僕《ぼく》らも同《おな》じだけど——和月《わつき》どうした？」

しきりに悔《くや》しがっている和月《わつき》さんに気《き》づき、翼《つばさ》さんは問《と》いかける。

「くそーっ。どんだけすごいビフォア・アフターだよ！　これ『GO《ゴー》　GO《ゴー》！　スクール！』でやるんだったーっ！」

本気《ほんき》で悔《くや》しがっているような和月《わつき》さんに向《む》かい、私《わたし》はほほえみかける。

「テレビ放送《ほうそう》はしなくてよかったと思《おも》いますよ？　みなさんのイメージが損《そこ》なわれるので」

「「「……………」」」

あまりのドストレートな正論《せいろん》に、３人《にん》は押《お》しだまる。

「ポチ子《こ》……そんなヒドイこと言《い》わなくても……」

「私《わたし》がヒドイことを言《い》うわけないじゃないですか。本当《ほんとう》のことしか言《い》いません！」

胸《むね》をそらしてキッパリつげると、和月《わつき》さんは大《おお》きなため息《いき》をつく。

「それが俺《おれ》らの傷口《きずぐち》をえぐりまくるなーって話《はなし》なんだけど……なあレン」

「オマエといっしょにするなよ。俺《おれ》はキレイ好《ず》きだからな。だからオマエも誤解《ごかい》するなよ！」

なるほど。レンさんはきれい好《ず》きなんですね。

なんとなくわかる気《き》がします。

「ポチ子《こ》、コイツはキレイ好《ず》きっていうより、潔癖《けっぺき》なの！　潔癖《けっぺき》すぎてキスシーンをしないんだぜ。なーレン☆」

ニヤニヤと笑《わら》う翼《つばさ》さんをレンさんがにらみつける。

「ま。レンの場合《ばあい》は共演者《きょうえんしゃ》がその色気《いろけ》に耐《た》えきれず、撮影《さつえい》が続行不能《ぞっこうふのう》になっちゃうってこともあるんだけどね」

「おええええええっ!? テレビのあれは本当《ほんとう》にしてるのですかっ!?」

本気《ほんき》でどん引《び》く私《わたし》を見《み》て、翼《つばさ》さんと和月《わつき》さんは顔《かお》を見合《みあ》わせる。

「まぁ……いろいろ……な、和月《わつき》!」

「必要《ひつよう》ならば……なぁ、翼《つばさ》!」

しどろもどろなリアクションを見《み》つめ、私《わたし》は地《ち》の底《そこ》にまで届《とど》きそうな深《ふか》い深《ふか》いため息《いき》をつく。

「……ショックです」

うっすらと涙《なみだ》を浮《う》かべる私《わたし》を見《み》て、翼《つばさ》さんと

和月《わつき》さんがギョッとする。

「ウソだろ。ポチ子《こ》……そんなに傷《きず》つかなくても！　僕《ぼく》はそのへんのアイドル女子《じょし》なんかよりポチ子《こ》のほうがかわいいから！」

「そうそう。俺《おれ》らは別《べつ》に、だれのこともなんとも思《おも》ってないし。そのあと本気《ほんき》になられてデートに誘《さそ》われても、全部《ぜんぶ》バックれてるし」

一生懸命《いっしょうけんめい》なだめにかかるふたりに向《む》かい、私《わたし》はふたりの頰《ほお》を平手《ひらて》でたたく。

「私《わたし》の大好《だいす》きな『ストロベリージャム』をはじめとする美少女《びしょうじょ》たちが、こんな悪人《あくにん》たちの毒牙《どくが》にかかっているなんて……」

頰《ほお》をおさえ、あんぐりと口《くち》を開《あ》けている和月《わつき》さんと翼《つばさ》さんに、私《わたし》はさらに言《い》う。

「翼《つばさ》さん。彼女《かのじょ》たちは美《び》の女神《めがみ》の集団《しゅうだん》ですよ!?　二度《にど》と私《わたし》のほうがかわいいだなんて言《い》わないでください！」

そう言《い》うとゲンコツをつくり、こぶしにハアッと息《いき》をかける。

「そして乙女心《おとめごころ》をもてあそんだあげく、デートをすっぽかすなど言語道断《ごんごどうだん》！　次《つぎ》にやったら乙女《おとめ》を守《まも》る正義《せいぎ》の騎士《きし》として、私《わたし》がこのこぶしで成敗《せいばい》いたします。わかりましたか！」

「「……はあ……」」

「はあじゃなくて、返事《へんじ》は『はい』、ですよ！」

「「はいっ！」」

条件反射《じょうけんはんしゃ》のように、和月《わつき》さんと翼《つばさ》さんの声《こえ》がそろう。

「なんか僕《ぼく》たちポチ子《こ》のペースにはまってない？」

「……それ俺《おれ》も思《おも》った。ま、たまには楽《たの》しいかもね、こういうのも」

「言《い》えてるかも。意外《いがい》すぎて」

「なにか言《い》いましたか？」

「「なーんでーもなーいでーす」」

和月《わつき》さんと翼《つばさ》さんがこっちを見《み》てニコリと笑《わら》った。

私《わたし》は我関《われかん》せずといった表情《ひょうじょう》で立《た》っていたレンさんのほうをくるりと向《む》き、ほほえんだ。

「それからレンさん！　普段《ふだん》から私《わたし》たちは月《つき》とスッポンのようだと思《おも》っていましたが、キスシーンの件《けん》は全力《ぜんりょく》でレンさんのご意見《いけん》を支持《しじ》します」

グッとこぶしをにぎりしめ強《つよ》い視線《しせん》でレンさんを見《み》つめると、ブッと和月《わつき》さんが笑《わら》う。

「まつりちゃん、もしかして『月《つき》とスッポン』じゃなくって、『水《みず》と油《あぶら》』じゃない!?」

「はっ。私《わたし》としたことが！　そうです！　相性最悪《あいしょうさいあく》、『水《みず》と油《あぶら》』です！」

「月《つき》とスッポンは事実《じじつ》だろ」

私《わたし》は改《あらた》めてレンさんを足《あし》のつま先《さき》から頭《あたま》のてっぺんまで見上《みあ》げていく。

「うっ。一点《いってん》も勝《か》てる場所《ばしょ》がありません……」

「一点《いってん》でも勝《か》てると思《おも》っていたのかよ、オマエは……」

あきれたようにつぶやいたレンさんの言葉《ことば》に、私《わたし》はムッとする。

「私《わたし》だって！　ささやかながらチャームポイントくらいあります！」

ドーンと右《みぎ》のこぶしで自分《じぶん》の胸《むね》をたたき、背筋《せすじ》をただす。

「へー。ポチ子《こ》のチャームポイントかぁ。知《し》りたい知《し》りたい☆」

「ずばり……私《わたし》のチャームポイントは『胸《むね》』です」

「「「！」」」

サラリと発《はっ》した爆弾発言《ばくだんはつげん》に、３男子《だんし》がギョッとする。

「ちょっ。お嬢《じょう》さんっ。年頃《としごろ》の俺《おれ》たちには刺激《しげき》が強《つよ》すぎるんですけど」

「え……でもまつりちゃん……見《み》た感《かん》じそんなに……えええっ!?　マジで!?」

おおっ。こんなにおどろかれるなんて！

動揺《どうよう》する３男子《だんし》のすがたを見《み》るのは、少《すこ》しだけ胸《むね》がすくような、すがすがしい気持《きも》ちです。

「いぜんお医者様《いしゃさま》に言《い》われました。こんなに発育《はついく》していない胸《むね》はめずらしいと！」

「「「……」」」

およよ？

熱気《ねっき》に包《つつ》まれていた部屋《へや》が、一瞬《いっしゅん》で冷《つめ》たくなった気《き》がするのは、気《き》のせいでしょうか？

「ポチ子《こ》。それって……チャームポイント？」

「はいっ！」

顔《かお》を引《ひ》きつらせながら問《と》いかける翼《つばさ》さんに向《む》かい、私《わたし》は満面《まんめん》の笑《え》みで答《こた》える。

「長所《ちょうしょ》と短所《たんしょ》は表裏一体《ひょうりいったい》ともうしますので」

『引《ひ》っこみ思案《じあん》』を長所《ちょうしょ》にすれば『思慮深《しりょぶか》い』。

『おしゃべり』は『社交的《しゃこうてき》』。

そんな風《ふう》に考《かんが》えていけば、どの『短所《たんしょ》』も『長所《ちょうしょ》』にかわる。

きっと、自分《じぶん》がそのことを『どうとるか』なんじゃないかって思《おも》うんです。

「じゃあレンの毒舌《どくぜつ》も長所《ちょうしょ》になるわけ？」

和月《わつき》さんにふられ、私《わたし》は再度《さいど》レンさんを見《み》る。

「はい。レンさんはそれだけ『**人間観察**《にんげんかんさつ》』をしているということではないでしょうか。言葉《ことば》の選《えら》び方《かた》をかえるだけですごい長所《ちょうしょ》になると思《おも》います」

「てきとうなこと言《い》ったって、信《しん》じないからな」

「てきとうじゃないです！　校長先生《こうちょうせんせい》がこの部屋《へや》にいらしたときに、私《わたし》をかばうレンさんのすがたは、絵本《えほん》に出《で》てくるナイトのようでした。その節《せつ》はありがとうございました」

もう一度《いちど》しっかりと頭《あたま》をさげると、レンさんはバツの悪《わる》そうな顔《かお》をする。

「あっれー……。ちょっと和月《わつき》！　レンの耳《みみ》が赤《あか》いんだけど！」

「もしかしてまつりちゃんにほめられてうれしいとか!?　やだっ。レン君《くん》って貧乳《ひんにゅう》が好《この》み!?」

ものすごくおもしろいオモチャを見《み》つけた子犬《こいぬ》たちのように、翼《つばさ》さんと和月《わつき》さんがレンさんにまとわりつく。

「おまえら——殺《ころ》す！」

グワッとレンさんはふたりをにらみつけると、殺気《さっき》のこもったオーラで応戦《おうせん》する。

「あの……。まだ話《はなし》はつづくんです。聞《き》いてください！　聞《き》いてくださ——いっ！」

私《わたし》の声《こえ》が3男子《だんし》に届《とど》くのは、しばらくしたあとだった。

16 お宝《たから》発見《はっけん》！

「それで？　ポチ子《こ》の話《はなし》ってなに？」

ここは黒猫館《くろねこかん》４０２号室《ごうしつ》。

数年《すうねん》ぶりにキレイになった『異世界《いせかい》』につどいし3男子《だんし》に向《む》かい、私《わたし》はソソクサとポケットに入《い》れておいた封筒《ふうとう》をとりだした。

「まつりちゃん、これは？」

「これは……お金《かね》です！」

封筒《ふうとう》を逆《さか》さにすると、チャリンチャリンと鳴《な》る小銭《こぜに》の音《おと》をBGM《ビージーエム》に、諭吉《ゆきち》のおじさまたちがバサバサとふってくる。

「ちょ！　なにこれ!?」

「いきなりこんな大金《たいきん》もらえないって！」

あまりの金額《きんがく》に目《め》を見開《みひら》く翼《つばさ》さんと和月《わつき》さんに向《む》かい、私《わたし》は首《くび》を横《よこ》にふる。

「いいえっ。受《う》けとってください！」

「いやいやっ。受《う》けとる理由《りゆう》とかないし。むしろ片《かた》づけてもらってこっちが払《はら》わなきゃってくらいなんだから」

「いいえっ。これはみなさんのお金《かね》なので！」

和月《わつき》さんと翼《つばさ》さんと押《お》し問答《もんどう》をしていると、ジッと見《み》ていたレンさんがボソリとつぶやく。

「……そういえば、この部屋《へや》、どうしてこんなにキレイになったんだ？——まさか」

レンさんの問《と》いかけの意図《いと》がわかり、私《わたし》は笑顔《えがお》で答《こた》える。

「はいっ。すてましたから。キレイサッパリと」

私《わたし》がニッコリとほほえむと、和月《わつき》さんは感心《かんしん》したようにうなずく。

「へー。掃除《そうじ》の基本《きほん》は片《かた》づけよりも、すてることなのか。『断捨離《だんしゃり》』なんて言葉《ことば》もあるし、効果《こうか》抜群《ばつぐん》なんだねぇ」

そのとなりにいた翼《つばさ》さんが、私《わたし》たちのやりとりにピキーンと固《かた》まる。

「……え。いま『**すてた**』って言《い》った？」

どんどん青《あお》ざめていく翼《つばさ》さんに向《む》かい、私《わたし》は大《おお》きくうなずいた。

「はい。絶対《ぜったい》あけることのない部屋《へや》だとうかがってましたので、必要《ひつよう》ないのかと」

「この金《かね》は部屋《へや》の物《もの》が売《う》れた分《ぶん》か？」

「回収《かいしゅう》の方《かた》が『こんな高価《こうか》なものをすてることはできない』と真《ま》っ青《さお》な顔《かお》でおっしゃって……。たいへん感謝《かんしゃ》され、なおかつお金《かね》をたくさんくださいました」

ガラクタを回収《かいしゅう》してくださり、なおかつお金《かね》までくれるなんて……。

あの方々《かたがた》は神様《かみさま》かも知《し》れません。

その言葉《ことば》を聞《き》いていた和月《わつき》さんの顔《かお》までも青《あお》くなっていく。

「あの～……たとえばどんなものがあったかとか……おぼえてる？」

えーっと……。

私《わたし》は首《くび》をかしげながら、色々《いろいろ》と思《おも》いだす。

「だれかのホームランボールとか、だれかの絵《え》とか火星《かせい》の石《いし》とか……。みなさん、『これは世紀《せいき》の発見《はっけん》だ！』とか『こんなものがここにあったなんて！』とかおっしゃってましたよ」

私《わたし》にはよくわかりませんが、ここはゴミだけでなく、お宝《たから》の宝庫《ほうこ》だったみたいです。

「これが明細《めいさい》？」

レンさんがお金《かね》といっしょに置《お》いてあった巻物《まきもの》のように長《なが》い長《なが》いレシートをつまみあげる。

「はいっ」

と、答《こた》えるよりも早《はや》く、レンさんの手《て》から和月《わつき》さんがレシートを取《と》りあげる。

「レン、ちょっとかして！」

和月《わつき》さんが取《と》りあげたレシートを翼《つばさ》さんがのぞきこみ、ブルブルとふるえだす。

「「**うおおおおおおおっ!!　その業者《ぎょうしゃ》、待《ま》ったあああああっ！**」」

魂《たましい》の咆哮《ほうこう》をあげたふたりがバタバタと音《おと》をたてて、部屋《へや》からとびだしていく。

「あの……私《わたし》、なにか失礼《しつれい》なことをしてしまったのでしょうか？」

「オマエのせいじゃない。自業自得《じごうじとく》だ。バーカ」

レンさんはそう言《い》ってイジワルく唇《くちびる》のはしをあげる。

そのときがだれかに似《に》ているような気《き》がして、私《わたし》の胸《むね》はドキリとときめいた。

少《すこ》しだけ……少《すこ》しだけですけど。

17 レンさんと、ふたりきり!?

「あの……和月《わつき》さんと翼《つばさ》さん。本当《ほんとう》に行《い》ってしまいました」

黒猫館《くろねこかん》。402号室《ごうしつ》。

和月《わつき》さんと翼《つばさ》さんが、ゴミ回収業者《かいしゅうぎょうしゃ》を追《お》いかけてとびだしてしまい、部屋《へや》には私《わたし》と天敵《てんてき》であるレンさんのふたりだけだ。

「放《ほう》っておけば？　じゃあ、俺《おれ》は部屋《へや》にもどるから」

「待《ま》ってください！　せっかくなのでお話《はな》ししましょう」

「はあっ!?」

「期間限定《きかんげんてい》であっても、私《わたし》はみなさんのマネージャーになるわけですから……。とっとと終《お》わらせるためにも、いろいろとみなさんのことを聞《き》いておきたく――わっ」

レンさんが私《わたし》を壁際《かべぎわ》においつめる。

これがウワサの『**壁《かべ》ドン**』というものでしょうか。

距離《きょり》が近《ちか》く身動《みうご》きのとれないこの状況《じょうきょう》……。

非常《ひじょう》に不愉快《ふゆかい》なものですね！

レンさんは顔《かお》を近《ちか》づけると、ジッと目《め》を見《み》つめたまま冷《つめ》たい声《こえ》で言《い》い放《はな》つ。

「俺《おれ》は——いますぐ出《で》ていってほしいんだけど。アンタには」

ウエーン！（涙《なみだ》）

私《わたし》だってできることなら、もうマネージャーを外《はず》れて出《で》て行《い》きたいですよー！

「——オマエ、だれかと約束《やくそく》してこの学園《がくえん》に来《き》たんだろ？　だったら、こんなところにいるヒマないだろうが」

イラついたように言《い》うレンさんに向《む》かい、私《わたし》は頬《ほお》をそめる。

「はいっ。レンさんとは『月《つき》とスッポン』です

が、同《おな》じ名前《なまえ》の女《おんな》の子《こ》。私《わたし》はその子《こ》を一番《いちばん》かがやくアイドルにしたいんです」

まだ会《あ》えていないけど。ずっと会《あ》いたかった女《おんな》の子《こ》。

「――なんで……そんな風《ふう》に思《おも》ったわけ？」

レンさんの壁《かべ》にのばしている腕《うで》の力《ちから》がほんの少《すこ》しゆるまる。

「私《わたし》……。本当《ほんとう》は手術《しゅじゅつ》しなくちゃいけなかったんですけど、こわくて絶対《ぜったい》にいやで毎日泣《まいにちな》いてて。そしたら元気《げんき》が出《で》るようにって、兄《あに》が大好《だいす》きな『ストロベリージャム』のコンサートにナイショで連《つ》れていってくれたんです」

「手術《しゅじゅつ》？　どっか悪《わる》いのか？」

レンさんが顔色《かおいろ》を変《か》えて、私《わたし》の手《て》をつかむ。

「うわっ。気持《きも》ち悪《わる》いのではなしてくださいっ！」

「やだね」

やだねって……なに子《こ》どもみたいなこと言《い》ってるんですかっ！

「この藤原《ふじわら》レン様《さま》が心配《しんぱい》してるのに……**その態度《たいど》。お仕置《しお》きだな**」

「ぎゃあああ――――っ！」

熱《ねつ》を帯《お》びたレンさんの吐息《といき》が耳《みみ》をくすぐり、私《わたし》はたまらず悲鳴《ひめい》をあげる。

「はなしてください！」

「いやだね」

レンさんはさらに強引《ごういん》に、こちらとの距離《きょり》をつめてくる。

「――命令《めいれい》を聞《き》かないと――な」

「――あ」

ゾクリとするような声《こえ》に、私《わたし》は耳《みみ》まで赤《あか》くなる。

「ようやくオレサマにほれたか。ザマーミロ」

「ほれるわけ――**ないじゃないですかああああっ！**」

私《わたし》はレンさんをつきとばし、にらみつける。

「ひいいいいいっ！　いまのですね!?　いまのが乙女《おとめ》たちを虜《とりこ》にする**『魔性《ましょう》』の技《わざ》！**　藤原《ふじわら》レン！　あなたは一体《いったい》どこまで卑劣《ひれつ》な男《おとこ》なんですか！」

「……ちょと待《ま》て。俺《おれ》がいつ卑劣《ひれつ》な真似《まね》をした」

「無自覚《むじかく》……！　なんてオソロシイ！」

私《わたし》の愛《あい》する女子《じょし》アイドルたちを一瞬《いっしゅん》で虜《とりこ》にし、道《みち》すら誤《あやま》らせることがあると言《い》われる危険《きけん》なまなざし！

全乙女《ぜんおとめ》の敵《てき》。——おのれ藤原《ふじわら》レン。

「……憎《にく》い」

「——はあっ？」

いらだったようなその声《こえ》に、私《わたし》はハッと口《くち》をつぐむ。

そうでした。

色々問題《いろいろもんだい》はありますが、私《わたし》のことを心配《しんぱい》してくださっていたことは事実《じじつ》のようなので、あまり敵視《てきし》してはいけませんよね……。

「……すみません。私《わたし》としたことが取《と》り乱《みだ》しました」

「ちっ」

私《わたし》が殊勝《しゅしょう》な態度《たいど》で頭《あたま》をさげると、レンさんは舌打《したう》ちをする。

「なんで!?　なんで舌打《したう》ちされるんですか？」

「——あやまらなかったら、もっと泣《な》かしてやろうと思《おも》ったのに」

よかった！　あやまって本《ほん》つっ当《とう》によかった！

「——それで？」

レンさんにうながされ、私《わたし》はポツポツと話《はな》しだす。

「私《わたし》。どうしても手術《しゅじゅつ》をするのがイヤで病院《びょういん》から逃《に》げだしたんです。そしたら探《さが》しに来《き》てくれた兄《あに》が、特別《とくべつ》にコンサートに連《つ》れてってくれたんです」

私《わたし》は当時《とうじ》を思《おも》いだして、目《め》を閉《と》じた。

お兄《にい》ちゃんはコンサートのあとにこう言《い》ったんでしたっけ。

私《わたし》はまだまだ本当《ほんとう》に楽《たの》しいことを知《し》らないって。

手術《しゅじゅつ》をやめるかどうかは、『大好《だいす》き』なものを見《み》てから決《き》めてごらんって。

「その日《ひ》のコンサートで見《み》た女《おんな》の子《こ》のファンになって。私《わたし》、手術《しゅじゅつ》しようって決《き》めたんです」

私《わたし》の言葉《ことば》にヘナヘナとレンさんがしゃがみこむ。

「どうしたんですか?」

「――怪我《けが》はしなかったか?」

「怪我《けが》?」

「にぶい女《おんな》だな。ダイブされたときだよ。将棋倒《しょうぎだお》しになったんだろ」

レンさんに向《む》かい、私《わたし》はニッコリとほほえむ。

「それが大丈夫《だいじょうぶ》だったんですよ! レンさん……って女《おんな》の子《こ》が守《まも》ってくれたので」

「――よかった」

それを聞《き》いたレンさんが心底《しんそこ》ホッとしたような顔《かお》をする。

「彼女《かのじょ》に出会《であ》えて、私《わたし》は手術《しゅじゅつ》する勇気《ゆうき》を持《も》てたんです。いまの私《わたし》がいるのはレンさんのおかげです」

……………**ギャアアアアッ**」

レンさんが私《わたし》の手首《てくび》にかすめるように口《くち》づける。

「……ごほうびだ」

「ごほうび!?　どうみてもイヤガラセですよ！　ヒドイ！　話《はな》せと言《い》われて、お話《はな》ししたのに！」

「ほかの女子《じょし》なら泣《な》いてよろこぶところなんだけどな」

世《よ》の中《なか》の女子《じょし》がよろこんだとしても、私《わたし》はちっともうれしくありません！

猛抗議《もうこうぎ》しても、レンさんは私《わたし》を抱《だ》きしめたまま放《はな》さない。

「ギエエエエッ！　和月《わつき》さん、翼《つばさ》さんっ。**早《はや》くもどってきてくださいいいいっ！**」

今度《こんど》は私《わたし》の絶叫《ぜっきょう》が部屋中《へやじゅう》に響《ひび》くのでした。

18 意外《いがい》な一面《いちめん》

「このたびは大変失礼《たいへんしつれい》いたしました……」

黒猫館《くろねこかん》４０２号室《ごうしつ》。

『異世界《いせかい》』の異名《いみょう》をもつあかずの間《ま》。

私《わたし》はそこに正座《せいざ》をし、３人《にん》に向《む》けて頭《あたま》をさげた。

どうしてこんなことになってしまったかと言《い》うと、足《あし》の踏《ふ》み場《ば》もないこの部屋《へや》を私《わたし》が『片《かた》づけて』しまったからだ。

「まつりちゃんっ。人《ひと》のものを勝手《かって》にすてちゃダメだから！」

「ポチ子《こ》！　ゴミ袋《ぶくろ》をみたら『ドラゴンボール』のマンガの初版《しょはん》がすててあったぞ！　あれは手《て》塚治虫先生《づかおさむせんせい》の『ブラック・ジャック』の初版《しょはん》と同《おな》じくらい価値《かち》が出《で》るマンガなんだから！」

でも……。あやまりながら私《わたし》はムムと唇《くちびる》をとがらせる。

「コイツ、悪《わる》くないだろ。あそこにあるのはガラクタなんだから」

まさかのレンさんの助《たす》け船《ぶね》に、私《わたし》はブンブンと大《おお》きくうなずきました。

「絶対《ぜったい》にあけない、だれも使《つか》わない部屋《へや》だと……おっしゃっていたではないですか」

「そ・う・だ・け・ど！　でもダメなの！」

ええーっ!?　そんなあとだしじゃんけん、ヒドイです。

「おい、オマエ。この山《やま》は？」

レンさんは部屋《へや》のすみに整頓《せいとん》され、まとめてあった荷物《にもつ》に気《き》づき指《ゆび》をさす。

「あ！　忘《わす》れてました。これはすててはいけないのかなと思《おも》いまして、とっておいたものです」

すてようかと思《おも》ったのですが、並々《なみなみ》ならぬ執着《しゅうちゃく》を感《かん》じ、とっておいたんでしたっけ。

「なーんだ☆　まつりちゃん、ちゃんとそういう配慮《はいりょ》してくれてたんじゃん」

「どれどれ……**うっ**」

和月《わつき》さんと翼《つばさ》さんが荷物《にもつ》を見《み》て絶句《ぜっく》する。

「これは限定版《げんていばん》ワンワン娘《むすめ》のフィギュアと呼《よ》ばれる人形《にんぎょう》のようです。『ご主人様《しゅじんさま》、おかえりなさいワン』って、恥《は》ずかしくないんですかね」

「………」

翼《つばさ》さんがブルブルとふるえながら真《ま》っ赤《か》になって下《した》を向《む》く。

「あとはデータといっしょに、ノートにも小説《しょうせつ》が書《か》いてありましたよ。タイトルは『**人気《にんき》アイドルだった俺《おれ》が、異世界《いせかい》でハーレムを作《つく》った本当《ほんとう》の話《はなし》**』。冒頭《ぼうとう》からハレンチなシーンがつづいておどろきましたが、実《じつ》に深《ふか》い愛《あい》の物語《ものがたり》がつづられていました。私《わたし》の好《す》きな台詞《せりふ》は──」

「**ぬおおおおおおおおっ。読《よ》みあげるなああああああああっ！**」

バッと和月《わつき》さんが私《わたし》の手《て》からノートを取《と》りあげる。

それから目《め》にもとまらぬ早業《はやわざ》で残《のこ》りのノートを回収《かいしゅう》し、服《ふく》の中《なか》にしまいこむ。

「あ。和月《わつき》さんが書《か》かれたのですか。ヒロインの葵《あおい》ちゃん。最初《さいしょ》はツンツンしているなと思《おも》ったんですけど、ふたりきりになると急《きゅう》にあまえてきて……」

「おねがいします。まつり様《さま》、それ以上《いじょう》言《い》わないでください……」

和月《わつき》さんはなにも言《い》わず真《ま》っ赤《か》になりながらブルブルとふるえている。

「バレないようにここに隠《かく》しておいたのか。はずかしい奴《やつ》らだな」

レンさんはふたりを一瞥《いちべつ》する。

「あ。まだまだほかにもあるのですが……」

「「**うおおおおおおおっ。もうなにも言《い》わないでくれええええええっ！**」」

和月《わつき》さんと翼《つばさ》さんの絶叫《ぜっきょう》が部屋中《へやじゅう》にとどろく。

私《わたし》はふたりのすがたを見《み》つめながら、キョトンとする。

「あの……私《わたし》、なにか失礼《しつれい》なこと言《い》いましたか？」

「いや？　自業自得《じごうじとく》だ。ざまぁみろ。バーカ」

そう言《い》いはなつレンさんは、実《じつ》に楽《たの》しげだ。

「あ……あのっ。どうすればおふたりはもとにもどりますかね」

「いいって。ほうっておけば。――むしろほうっておいてやるのが一番《いちばん》の優《やさ》しさだと思《おも》うけど」

「でも……」

本当《ほんとう》に聞《き》きたかったのは、このあとだったのに……。

「実《じつ》は……私《わたし》が一番《いちばん》持《も》ち主《ぬし》を聞《き》きたいものはこれじゃないんです……。でも、いまのおふたりにはおうかがいできないですね」

「持《も》ち主《ぬし》を聞《き》きたいもの？」

レンさんの問《と》いかけにうなずくと、私《わたし》は1枚《まい》の写真《しゃしん》を取《と》りだした。

そこにはコンサート会場《かいじょう》の客席《きゃくせき》がうつされており、ひとりの少女《しょうじょ》が赤《あか》い丸《まる》で囲《かこ》まれていた。

レンさんはその写真《しゃしん》を見《み》ると、ギョッと目《め》を見開《みひら》く。

「この写真《しゃしん》でかこまれている女《おんな》の子《こ》、私《わたし》です。なんで私《わたし》の写真《しゃしん》がここにあるのでしょうか」

「**……なんで……ここにあるんだよ**」

写真《しゃしん》を食《く》い入《い》るように見《み》つめるレンさんの眼差《まなざ》しは氷《こおり》のように冷《つめ》たい。

レンさんのただならぬオーラに私《わたし》はビクリと身体《からだ》をこわばらせる。

「なんでもない。知《し》らないな、こんな写真《しゃしん》」

「もし……だれも持《も》ち主《ぬし》がいなければ私《わたし》がいただいてもよろしいでしょうか？」

私《わたし》はその写真《しゃしん》を、そっと抱《だ》きしめる。

「このコンサート。私《わたし》がはじめていった『ストロベリージャム』のコンサートなんです。私《わたし》、ここでステキな女《おんな》の子《こ》に出《で》あって、約束《やくそく》して、それで四《よ》ツ葉《ば》学園《がくえん》に来《き》たんです」

「――なんでもっと早《はや》く来《こ》ないんだよ」

「え？」

「約束《やくそく》したんだろ。だったらその日《ひ》に、いいや百歩《ひゃっぽ》ゆずって次《つぎ》の日《ひ》にだって、四《よ》ツ葉《ば》学園《がくえん》に来《く》るだろ。ふつう」

「えええええっ。なに言《い》ってるんですか。そんなのムリに決《き》まってるじゃないですか」

「ムリでもっ。会《あ》いたかったらそうするだろ。――こっちはずっとそのつもりで待《ま》っていて……」

「――え？」

レンさんの顔《かお》をマジマジと見《み》つめると、レンさんはハッとした顔《かお》をして私《わたし》から一歩《ぽ》下《さ》がる。

「いいんじゃない。その写真《しゃしん》。どうせ持《も》ち主《ぬし》なんてだれもいない」

レンさんは、はずかしさで叫《さけ》びまくる和月《わつき》さんと翼《つばさ》さんを置《お》き、部屋《へや》から出《で》ていった。

「ありがとうございます！」

私《わたし》はレンさんの背中《せなか》に向《む》かい、ペコリと一礼《いちれい》するのだった。

19 親友《しんゆう》・友坂《ともさか》千夏《ちなつ》

「へー……。あの黒猫館《くろねこかん》の中《なか》にそんな汚部屋《おべや》があったのかぁ……うーん。想像《そうぞう》しづらいわねぇ」

ここは四《よ》ツ葉《ば》学園《がくえん》・第一《だい》棟《とう》。生徒《せいと》たちがつどう庭園《ていえん》だ。

ここには花《はな》が咲《さ》きほこり、ベンチがいくつも設置《せっち》されている。

この最高《さいこう》にキュンキュンするシチュエーションで、私《わたし》は美少女《びしょうじょ》であらせられる千夏《ちなつ》さんとランチを食《た》べている最中《さいちゅう》です。(ポッ)

「それよりさ。もっとちがう話聞《はなしき》かせて!」

キラキラとした目《め》で千夏《ちなつ》さんが身体《からだ》を乗《の》りだす。

「ちがうはなし……」

「そのあかずの間《ま》で、逢瀬《おうせ》してるところを目撃《もくげき》したとか!」

たこさんウィンナーをさしたフォークをふりまわしながら、千夏《ちなつ》さんが興奮《こうふん》しはじめる。

「おうせ?」

千夏《ちなつ》さんはフォークを私《わたし》の顔《かお》の前《まえ》につきだした。

「そ・う・よ！　だれにもバレないように、彼《かれ》らはそこでふたりっきりのイチャイチャした時間《じかん》を過《す》ごすの。**うふふ。ふふふ**」

「……足《あし》を踏《ふ》み入《い》れると異臭《いしゅう》がしましたので、逢瀬《おうせ》には不向《ふむ》きな場所《ばしょ》に思《おも》えましたが」

その言葉《ことば》を聞《き》いた千夏《ちなつ》さんは、さらにウットリと頬《ほお》をそめる。

「それよ！　たとえそうでも、だれにも知《し》られずに会《あ》えるのはそこしかないの。どんな障害《しょうがい》があろうとも会《あ》いたい！　ただ会《あ》いたい！　ああっ。ロマン！　これこそロマンだわっ！」

ハアハアともだえながら千夏《ちなつ》さんはフォークをふりまわす。

「――はあ。ロマンですかぁ。それより千夏《ちなつ》さん……」

「なに？」

「たこさんウィンナー、どこかにとんでいってしまってますけど」

「――あ」

千夏《ちなつ》さんのほうりなげたウィンナーは、弧《こ》を描《えが》きながらとんでいった。

ペチッ。

「ちょっと！　これなによ！」

ひっ！　千夏《ちなつ》さんのたこさんウィンナーが、女生徒《じょせいと》の顔《かお》にクリティカルヒットする。

「すみませんっ。ホラ、千夏《ちなつ》さんもあやまってくださいっ！」

「寮長《りょうちょう》。ごきげんよう。これがかわせないなんて、運動神経悪《うんどうしんけいわる》いんじゃありませんか～？」

「千夏《ちなつ》さんっ！」

千夏《ちなつ》さんのまったく悪《わる》びれない態度《たいど》に、私《わたし》は小《ちい》さく悲鳴《ひめい》をあげる。

目《め》の前《まえ》で仁王立《におうだ》ちしていらっしゃるのは、女子寮《じょしりょう》の寮長《りょうちょう》さん。

――美人《びじん》すぎて、すごい迫力《はくりょく》です。

「友坂《ともさか》！　アンタはいいわ。私《わたし》たちは日々野《ひびの》さんに話《はなし》があるの」

女子寮《じょしりょう》の寮長《りょうちょう》さんがギロリと私《わたし》をにらみつけると――。

ザザッと後《うし》ろにひかえていた女子《じょし》たちが、鬼《おに》のような顔《かお》つきで数十人《すうじゅうにん》もあらわれる。

「ああ……ステキ。みなさんのお顔《かお》、頬《ほお》ずりしたいほど美《うつく》しいです……」

「はあっ!?」

「私《わたし》……キレイな女子《じょし》を見《み》ると、胸《むね》のときめきが抑《おさ》えられず。うふっ、うふふふ。もうしわけありません」

私《わたし》はそう言《い》うと寮長《りょうちょう》さんに向《む》かい頭《あたま》をさげる。

「……ギャッ。日々野《ひびの》さんっ。あやまりながら私《わたし》の手《て》に頬《ほお》ずりをしないで！」

「ああ……。陶器《とうき》のようなすべらかさと、水蜜桃《すいみつとう》のようなみずみずしさ……感触《かんしょく》・香《かお》りともに最《さい》高《こう》……。さすが四《よ》ツ葉学園《ばがくえん》の女神様《めがみさま》たちですね。うふふ」

「いやあああっ。手《て》を放《はな》して────っ！」

悲鳴《ひめい》をあげる寮長《りょうちょう》を見《み》つめ、後《うし》ろにひかえていた女子《じょし》たちがヒソヒソと話《はな》しだす。

「──たしかに和月様《わつきさま》がおっしゃっていたとおりじゃない？」

「ええ。なんかあたしたちを見《み》つめる眼差《まなざ》しが、握手会《あくしゅかい》で出会《であ》うファンと同《おな》じだわ……」

そのつぶやきに、私《わたし》のとなりにいた千夏《ちなつ》さんもウンウンと大《おお》きくうなずいた。

「──どうやら、女子《じょし》アイドル好《ず》きは本当《ほんとう》のようね」

寮長《りょうちょう》はそう言《い》うと、いきなり私《わたし》の前《まえ》で土下座《どげざ》する。

「**お願《ねが》いっ、私《わたし》たち日々野《ひびの》さんにお願《ねが》いがあるの！**」

ザザザーッと後《うし》ろにひかえていた女子《じょし》たちも土下座《どげざ》をしてくる。

「ちょ……ちょっと待《ま》ってください。一体《いったい》どういうことですか!?」

美少女《びしょうじょ》たちの土下座《どげざ》に、私《わたし》はただひたすらオロオロするばかりでありました。

20 乙女《おとめ》たちの団結《だんけつ》

「……つまり。整理《せいり》をすると、あなたは男性《だんせい》が大嫌《だいきら》いで、本当《ほんとう》は私《わたし》たちのマネージャーをしたかった——そうね？」

ここは日本一《にほんいち》のアイドルたちがつどう四《よ》ツ葉学園《ばがくえん》・第《だい》一棟《とう》。

色《いろ》とりどりの花《はな》が咲《さ》きほこる屋上《おくじょう》ですが、私《わたし》は、その花《はな》すら一瞬《いっしゅん》で色《いろ》あせてしまうほどの美少《びしょう》女《じょ》たちに取《と》りかこまれていました。

「はいっ。私《わたし》は『ストロベリージャム』の大《だい》ファンなんです！　そしてみなさんのような美《うつく》しい女《おんな》の子《こ》が大好物《だいこうぶつ》でして……。うふ。うふふ」

「——ひっ。いまこの子《こ》、あたしたちのこと『大好物《だいこうぶつ》』って言《い》わなかった⁉」

「……オソロシイ子《こ》」

照《て》れながら告白《こくはく》すると、寮長《りょうちょう》の後《うし》ろにひかえていた女子《じょし》たちが悲鳴《ひめい》をあげる。

寮長《りょうちょう》はゴホンと咳払《せきばら》いをしてから、メガネの縁《ふち》を持《も》ちあげた。

「私《わたし》たちはあなたを『あの3人《にん》』の担当《たんとう》として認《みと》めます。女子《じょし》のあなたがレン様《さま》たちのマネージャーになったわけがようやくわかったわ」

そう言《い》うと、寮長《りょうちょう》の後《うし》ろにいた少女《しょうじょ》が大《おお》きな荷物《にもつ》を私《わたし》の前《まえ》にほうりなげる。

「あ——っ！　これは私《わたし》の荷物《にもつ》！」

「日々野《ひびの》まつりさん。あなたを『**白猫館**《しろねこかん》』へ入寮《にゅうりょう》させることはできません」

四ツ葉学園《よつばがくえん》の芸能《げいのう》コースのマネージメント科《か》は、芸能人《げいのうじん》たちと寮《りょう》をともにし、彼《かれ》らの生活《せいかつ》をマネージメントするのが、大事《だいじ》な役目《やくめ》だ。

いまの私《わたし》にとって、女子寮《じょしりょう》での生活《せいかつ》だけが心《こころ》のささえでしたのに……。

「いやです！　みなさんといっしょに生活《せいかつ》したいですっ！　いっしょにお風呂《ふろ》に入《はい》ったり、寝顔《ねがお》をず——っと盗《ぬす》みみたり、そんな寮生活《りょうせいかつ》を送《おく》りたいんです！」

「……いやだ。いろんな意味《いみ》でこの子《こ》と『白猫館《しろねこかん》』で生活《せいかつ》するなんて……。絶対《ぜったい》にいやだわ！」

寮長《りょうちょう》の後《うし》ろのほうからそんな声《こえ》が聞《き》こえてくると、私《わたし》のとなりにいる千夏《ちなつ》さんや寮長《りょうちょう》までも、大真面目《おおまじめ》な顔《かお》でうなずく。

「そんなっ。私《わたし》はみなさんのことを24時間《じかん》ながめていたいくらい大好《だいす》きなのに……！」

ウワッと私《わたし》が泣《な》きくずれても、だれもなぐさめてくれません……。

「表向《おもて む》きは入寮《にゅうりょう》させるわよ。規則《きそく》ですからね。でもね。あなたには使命《しめい》があるでしょ！」

使命《しめい》？　そうだ。

あの子《こ》を一刻《いっこく》も早《はや》く見《み》つけて、日本《にほん》で一番《いちばん》のアイドルにすることだ。

「あなたの使命《しめい》は『あの３人《にん》』のマネージャーをしっかり務《つと》めあげること！」

えええぇっ。そっちですか!?

「……そんなあからさまにイヤそうな顔《かお》をしなくっても」

寮長《りょうちょう》が戸惑《とまど》ったような顔《かお》で、私《わたし》をいなす。

「『あの３人《にん》』が、問題児《もんだいじ》である……というのはご存《ぞん》じ？」

「はい。校長先生《こうちょうせんせい》がおっしゃっていました」

寮長《りょうちょう》は「そうなのよ」とうなずくと、こまったようにため息《いき》をつく。

「業界《ぎょうかい》の中《なか》で、いま彼《かれ》らが一番《いちばん》ヤバいのは――ずばり遅刻《ちこく》よ」

そう言《い》えば、校長先生《こうちょうせんせい》もそんなことおっしゃってましたっけ。

「遅刻《ちこく》をすると、現場全体《げんばぜんたい》に迷惑《めいわく》がかかる。それなのに――ちょっと自由《じゆう》すぎちゃうところがあるのよ。まぁ。そのヤンチャで俺様《おれさま》なところがステキでもあるのだけど……」

「いえいえっ。現場《げんば》に迷惑《めいわく》をかけるほどの遅刻《ちこく》は、ちっともステキではありません！……ヒッ」

私《わたし》の正論《せいろん》にイラついた寮長《りょうちょう》が、殺気《さっき》のこもった視線《しせん》をとばしてくる。

「この前《まえ》の現場《げんば》で、次《つぎ》に遅刻《ちこく》をしたらクビにするって話《はな》していたのを聞《き》いたわ」

心配《しんぱい》そうな顔《かお》で寮長《りょうちょう》の後《うし》ろの女子《じょし》が口《くち》を開《ひら》くと、「私《わたし》も聞《き》いたわ」と何人《なんにん》かが便乗《びんじょう》する。

「ひゃーっ。そこまでマズイのに、どうして直《なお》らないんですかねぇ」

「そう思《おも》うでしょ！　そ・こ・で！　私《わたし》たち考《かんが》えたの。日々野《ひびの》さんっ。**あなたは『黒猫館《くろねこかん》』で『あの3人《にん》』のお世話《せわ》をみっちりしてちょうだい**。校長先生《こうちょうせんせい》の許可《きょか》も特別《とくべつ》にとってあるわ」

「えええええええええええっ。絶対《ぜったい》にいやです！」

あんなむさ苦《くる》しい男子《だんし》3人《にん》と同居《どうきょ》なんて……！（涙《なみだ》）

J《ジ》I・G《ゴ》O・K《ク》U！

同《おな》じ地獄《じごく》でも、もはや地獄《じごく》の一丁目《ちょうめ》なんて悠長《ゆうちょう》なことは言《い》ってられません。

「……。この子《こ》……本気《ほんき》でイヤなのね」

泣《な》きくずれる私《わたし》をかわいそうに思《おも》ったのか、寮長《りょうちょう》は私《わたし》の肩《かた》をポンポンとたたく。

「もちろん『白猫館《しろねこかん》』にも、あなたの部屋《へや》は用意《ようい》してあるわ。いつでもあそびに来《き》てちょうだいね」

聖母様《せいぼさま》！

寮長《りょうちょう》の後《うし》ろから後光《ごこう》がさし、聖母《せいぼ》マリア様《さま》のように見《み》えてくる。

「ほ……本当《ほんとう》……ですか」

「ギャッ。鼻水《はなみず》をつけないで。もちろんよ。ただし滞在時間《たいざいじかん》は10分間《ぷんかん》。それ以上居座《いじょういすわ》るようなら――つまみだすから」

滞在時間《たいざいじかん》10分間《ぷんかん》……。

荷物《にもつ》を取《と》りにいったら、みなさんとお茶《ちゃ》を飲《の》む時間《じかん》すらなく、速攻《そっこう》おしまいじゃないですか。

いくらなんでもヒドすぎます！

私《わたし》が助《たす》けを求《もと》めるように千夏《ちなつ》さんの顔《かお》を見《み》ると、

「ははーん。それは名案《めいあん》ね。まつり！　私《わたし》のために、がんばって偵察《ていさつ》してきね！」

なーんて満面《まんめん》の笑《え》みで私《わたし》の肩《かた》をバンバンたた

くし……。

「大丈夫《だいじょうぶ》よ。私《わたし》たち全員《ぜんいん》が日々野《ひびの》さんの味方《みかた》だから。ね？」

「いやですー！　どうか許《ゆる》してください。頬《ほお》ずりするのも抱《だ》きつくのも我慢《がまん》します。だからっ。みなさんといっしょに、ウフフアハハな桃色寮生活《ももいろりょうせいかつ》を送《おく》らせてください！」

「「「**却下《きゃっか》！**」」」

そこにいた全員《ぜんいん》の判決《はんけつ》に、私《わたし》は絶望《ぜつぼう》いっぱいでくずおれた。

「それにね。次《つぎ》の四《よ》ツ葉学園《ばがくえん》と『ドリームシップ』が共催《きょうさい》するコンサートは、『あの3人《にん》』にとって大事《だいじ》なものなのよ」

「大事《だいじ》な……もの？」

涙目《なみだめ》で寮長《りょうちょう》を見《み》ると、寮長《りょうちょう》は大《おお》きくうなずく。

「あのコンサートで次《つぎ》の『ドリームシップ』からデビューするアイドルが誕生《たんじょう》する。今回《こんかい》を逃《のが》すと、『あの3人《にん》』は『ドリームシップ』からデビューすることができなくなるわ」

そうだ。和月《わつき》さんが『どうしても出《で》たい』と言《い》っていたコンサートだ。

それが終《お》われば、私《わたし》は彼《かれ》らのマネージャー期間《きかん》が終《お》わることになる。

「どうして今回《こんかい》じゃないとダメなんですか？」

私《わたし》の問《と》いに「そんなことも知《し》らないの？」と寮長《りょうちょう》はため息《いき》をつく。

「『ドリームシップ』はアイドルの原石《げんせき》が好《す》きなの。実績《じっせき》だといまがギリギリ。今回《こんかい》を逃《のが》すと、もう『ドリームシップ』からのデビューは不可能《ふかのう》って言《い》われてるわ」

そうか。いまですら人気《にんき》なのに、あと数年《すうねん》したら『原石《げんせき》』ではなくなってしまう。

「それじゃあ。日々野《ひびの》さん。こまったことがあったらなんでも相談《そうだん》して！　私《わたし》たちが全力《ぜんりょく》でサポートするから☆」

「それでは。私《わたし》が女子《じょし》アイドルのマネージャーになりたいという夢《ゆめ》もサポートしていただけるのでしょうか？」

「「「**却下《きゃっか》！**」」」

二度目《どめ》にくらった全員《ぜんいん》からの『却下《きゃっか》』宣告《せんこく》に、私《わたし》は再度《さいど》くずおれるのでした。

21 引《ひ》っ越《こ》しそば①

ピンポーン。

またもや訪《おとず》れるはめになってしまった黒猫館《くろねこかん》・４０２号室《ごうしつ》。

はあああっ。憂鬱《ゆううつ》です。

呼《よ》び鈴《りん》を鳴《な》らし、私《わたし》は深《ふか》い深《ふか》いため息《いき》をつく。

だれも出《で》なければよいのに……。

そうすれば乙女《おとめ》の花園《はなぞの》『白猫館《しろねこかん》』にもどることをゆるされるかも知《し》れない。

そんな期待《きたい》に胸《むね》をときめかせていると、

『――だれ？』

と、死刑宣告《しけいせんこく》のような声《こえ》がする。

「――日々野《ひびの》まつりです」

インターフォン越《ご》しに翼《つばさ》さんのおどろいたような声《こえ》がする。

ガチャッとドアが開《ひら》くと翼《つばさ》さんはさらにおどろいたように目《め》を見開《みひら》いた。

「ポチ子《こ》……泣《な》いてるの!?」

「翼《つばさ》さん。心配《しんぱい》してくださり、ありがとうございます。これから降《ふ》りかかる不幸《ふこう》を想像《そうぞう》し、涙《なみだ》が出《で》てきただけですから」

「ぜんぜん意味《いみ》がわからないけど――。とりあえずあがれば？」

部屋《へや》の中《なか》にうながされると、暗澹《あんたん》たる気持《きも》ちなる。

「あれ？　まつりちゃん、こんな時間《じかん》にどうしたの？」

来客《らいきゃく》に気《き》づいたのか、和月《わつき》さんとレンさんも玄関《げんかん》までやってくる。

「なんか、すんげーいい匂《にお》いがするけど――出汁《だし》？」

クンクンと翼《つばさ》さんが鼻《はな》をひくつかせる。

ふたがついているのに、鍋《なべ》の中《なか》の匂《にお》いがわかるなんて……。

「翼《つばさ》さんの嗅覚《きゅうかく》、オソルベシ！　まるでワンコのようですね！」

「……！」

翼《つばさ》さんが一瞬《いっしゅん》おしだまる。

「あははは……そうかなぁ。今度警察犬《こんどけいさつけん》の役《やく》でもまわってきたりして」

白々《しらじら》しい笑《わら》いを浮《う》かべる翼《つばさ》さんをよそに、その横《よこ》にいたレンさんは私《わたし》が手《て》に持《も》っていた鍋《なべ》をジッと見《み》つめる。

「それで？　その鍋《なべ》はなにさ？」

ゴクリ。

私《わたし》はつばを飲《の》みこんでから深呼吸《しんこきゅう》する。

「これは――**引《ひ》っ越《こ》しそば**です」

「「「……」」」

レンさんと和月《わつき》さんと翼《つばさ》さんが、あっけに取《と》られて沈黙《ちんもく》する。

「念《ねん》のため聞《き》くが、引《ひ》っ越《こ》しって……だれが？」

頭《あたま》が痛《いた》くなってきたのか額《ひたい》に手《て》をあて、レンさんがいらだったような声《こえ》を出《だ》す。

「――私《わたし》です」

レンさんは大《おお》きなため息《いき》をつくと、ギロッと私《わたし》をにらみつける。

「オマエが、どこに引《ひ》っ越《こ》すって？」

イライラとした声《こえ》におびえつつ、私《わたし》はいっきに言《い》う。

「私《わたし》が……このむさ苦《くる》しい４０２号室《ごうしつ》に、引《ひ》っ越《こ》ししてきたということです！」

「アホかあああああああっ！」

「私《わたし》だって……こんなところに住《す》みたくありませんよ―――っ！」

「だったら来《く》るなあああああっ！」

いままで聞《き》いた中《なか》で一番《いちばん》の怒鳴《どな》り声《ごえ》に、私《わたし》は耳《みみ》をふさぎ身体《からだ》を小《ちい》さく丸《まる》める。

「まあまあレン君《くん》おちついて。さ。あがってまつりちゃん」

和月《わつき》さんがスリッパを出《だ》してくださり、翼《つばさ》さんが手《て》に持《も》っていた大《おお》きな鍋《なべ》をひょいと私《わたし》の手《て》からとりあげる。

「そうそう。おそばのびちゃうから♪」

「なっ。和月《わつき》、翼《つばさ》！　おまえらなに言《い》ってるんだよ――！　グッ」

和月《わつき》さんのパンチがレンさんに炸裂《さくれつ》する。

「はいっ。邪魔者《じゃまもの》は消《き》えました～☆」

笑顔《えがお》の和月《わつき》さんを見《み》て私《わたし》は引《ひ》きつる。

いまのは『消《き》えた』のではなく『消《け》された』のまちがいではないでしょうか……。

さすが校長先生《こうちょうせんせい》の弟《おとうと》さんだ。

４０２号室《ごうしつ》のメンバーの中《なか》で一番怖《いちばんこわ》い。

「O《オ》・S《ソ》O・B《バ》A！　ちょうどお腹《なか》が空《す》いてきたところだし、楽《たの》しみだなぁ！」

「今日《きょう》はポチ子《こ》の、引《ひ》っ越《こ》しパーティーしようよ！」

歓迎《かんげい》ムードの和月《わつき》さんと翼《つばさ》さんに、おずおずと問《と》いかける。

「あの……。レンさんはこのままにしておくんですか？」

玄関《げんかん》に横《よこ》たわっているレンさんを指《ゆび》さすと、和月《わつき》さんは笑顔《えがお》で答《こた》える。

「あー。レン君《くん》、急《きゅう》に寝《ね》ちゃったからね。玄関大好《げんかんだいす》きだから☆」

「そうそう。おそばに具材《ぐざい》はないわけ？」

「いちおう別《べつ》にして、かき揚《あ》げを持《も》ってきました」

「イヤッホー！」

玄関《げんかん》でスヤスヤと眠《ねむ》るレンさんを残《のこ》し、私《わたし》たちはリビングへと向《む》かうのでした。

22 引《ひ》っ越《こ》しそば②

「レーン君《くん》。いいかげんに機嫌直《きげんなお》して☆」

四《よ》ツ葉学園《ばがくえん》。黒猫館《くろねこかん》。４０２号室《ごうしつ》。

ダイニングテーブルの前《まえ》にムスッとすわるレンさんの前《まえ》に、私《わたし》はおそばが入《はい》ったお椀《わん》をそっと置《お》く。

「どうぞ。温《あたた》かいものをめしあがれば、気持《きも》ちもおちつきますから」

「――おちつくわけないだろうがあああっ！」

レンさんがテーブルをドンとこぶしでたたく。

「――話《はなし》はわかった。オマエはそれでいいのかよ!?」

そうなのだ。

私《わたし》は『あの３人《にん》』のお世話《せわ》をしっかりするようにと、『白猫館《しろねこかん》』を追《お》いだされ、家《いえ》なき子《こ》になってしまったのだ。（↑いまココ）

「本心《ほんしん》をもうしあげれば、みなさんのような汚《けが》らわしい殿方《とのがた》といっしょに生活《せいかつ》するなんてまっぴらごめんですよ。でも、私《わたし》のかわいい乙女《おとめ》たちの願《ねが》いを叶《かな》えるためならば、この不吉《ふきつ》な場所《ばしょ》に身《み》を投《とう》じることもいとわない。それが私《わたし》の彼女《かのじょ》たちに示《しめ》せる愛《あい》の証《あかし》かと！」

「ほおおおおっ。その減《へ》らず口《ぐち》、二度《にど》とたたけないようにしてやろうか」

バキバキと指《ゆび》をならすレンさんの肩《かた》に、和月《わつき》さんが腕《うで》をかける。

「まあまあレン君《くん》おちついて☆　おそばのびちゃうから」

そう言《い》うとレンさんの右手《みぎて》に割《わ》り箸《ばし》を強制的《きょうせいてき》にもたせる。

「そうですよ。食《た》べ物《もの》イジメはよくありません！　食物虐待禁止《しょくもつぎゃくたいきんし》です！」

「――オマエ。この状況《じょうきょう》で楽《たの》しくそばすすれるわけないだろうがああっ！」

「……レンさんっておこりんぼキャラなんですか？」

「実《じつ》はね～。あ～やだやだお子様《こさま》は」

翼《つばさ》さんの言葉《ことば》に、レンさんは割《わ》り箸《ばし》をバキッと折《お》る。

「――殺《ころ》す。翼《つばさ》、表《おもて》に出《で》ろ！」

立《た》ちあがるレンさんの肩《かた》を和月《わつき》さんが押《お》しもどそうとする。

「和月《わつき》！　オマエもはなせ！」

「えー。ふたりが表《おもて》に出《で》ていったら、俺《おれ》とまつりちゃんがこの部屋《へや》でふたりっきりになるけど……それでいいわけ？」

和月《わつき》さんの指摘《してき》に、レンさんはグッと言葉《ことば》をつまらせる。

「和月《わつき》さん、名案《めいあん》ですね！　そうですよ！　おふたりとも外《そと》へ行《い》ってください！」

「わっ。まつりちゃん、大胆《だいたん》」

「オマエッ……自分《じぶん》がなに言《い》ってるかわかってるのかよ。小笠原和月《おがさわらわつき》だぞ？　コイツとふたりきりなんて……オオカミと羊《ひつじ》がいっしょの部屋《へや》にいるようなもんなんだぞ！」

「わかっています。もちろんいいですよ！　むさ苦《くる》しい男子《だんし》が、私《わたし》の目《め》の前《まえ》からふたりもいなくなるなんて、最高《さいこう》じゃないですか！」

「「……」」

私《わたし》の熱弁《ねつべん》に3人《にん》がどっと疲《つか》れたような顔《かお》をする。

「それに――きっかけは寮長《りょうちょう》さんたちに言《い》われたからではありますが……。でも、最後《さいご》は自分《じぶん》の意志《いし》できたんです」

そうだ。そうじゃなければ、ただ『言《い》われたから』という理由《りゆう》だけで、大嫌《だいきら》いな男子《だんし》たちといっしょに生活《せいかつ》するはずがない。

「もしかして『嫌《いや》よ嫌《いや》よも好《す》きのうち』……みたいになっちゃった？」

ニヤニヤと笑《わら》う和月《わつき》さんに向《む》かい、私《わたし》はキリッと敬礼《けいれい》する。

「いいえっ。まったく！　1ミリも好《す》きにはなっておりませんからご安心《あんしん》ください」

「あ……そうですか……。それはどうも……」

和月《わつき》さんはそう言《い》うと顔《かお》を引《ひ》きつらせる。

「それよりも先日校長先生《せんじつこうちょうせんせい》からいただいたクレームおよび問《と》い合《あ》わせすべてに目《め》をとおし、返答《へんとう》をしました」

「あれをもう全部読《ぜんぶよ》んで返事《へんじ》したの!?　すごいな、ポチ子《こ》！」

「すごいのはみなさんです！　もちろん悪《わる》いほうのすごいですけど！」

私《わたし》はバーン！　とテーブルをたたく。

「みなさん……入学《にゅうがく》してからいままで一度《いちど》も、遅刻《ちこく》をせずに学校《がっこう》に行《い》けたことがないって……。どういうことですか！」

3人《にん》はめんどくさそうな顔《かお》でそっぽを向《む》く。

「どうもこうも俺《おれ》たちいそがしいから」

「今日《きょう》はずっとここにいらっしゃったんですよね？　でしたら途中《とちゅう》からでも学校《がっこう》に行《い》けたじゃな

いですか！」

わずらわしそうにレンさんが耳《みみ》をふさぐ。

「とくにレンさんっ。このままでいくと確実《かくじつ》に留年《りゅうねん》ですよ。この事実《じじつ》にお気《き》づきですか!?」

「うちの学校《がっこう》はそのあたりは考慮《こうりょ》してくれるんだよ、成績《せいせき》さえよければ」

「ダメです！　人《ひと》としてゴミです！」

「レンをゴミって……」

ブーッと和月《わつき》さんが肩《かた》をふるわせて笑《わら》う。

「和月《わつき》さん、翼《つばさ》さんっ。おふたりも同《おな》じですよ！」

私《わたし》はまるでのび太君《たくん》のママがのりうつったかのように、説教《せっきょう》をつづける。

翼《つばさ》さんは興味《きょうみ》なさそうにスマホを取《と》りだし、あそびながらチラリとこちらに視線《しせん》を投《な》げる。

「え〜。じゃあ毎日《まいにち》、ポチ子《こ》が起《お》こして、着替《きが》えさせてくれて、朝《あさ》ご飯《はん》を食《た》べさせてくれるの？

それなら考《かんが》えてもいいけどぉ」

翼《つばさ》さんのもうしいれに、和月《わつき》さんもニヤリと笑《わら》って乗《の》っかってくる。

「俺《おれ》ってば朝《あさ》にシャワー浴《あ》びてからじゃないと活動《かつどう》できないんだよね。まつりちゃんが髪《かみ》や身体《からだ》も洗《あら》ってくれるってわけ？」

試《ため》すような眼差《まなざ》しを向《む》けてくる和月《わつき》さんに対《たい》して、私《わたし》は慎重《しんちょう》に口《くち》をひらく。

「――排泄《はいせつ》は？」

「は……はい……せつ？」

ギョッとしたのは和月《わつき》さんだけではない。そこにいた3男子《だんし》がいっせいに挙動不審《きょどうふしん》になる。

「恥《は》ずかしがらないでください。とても大切《たいせつ》なことですから」

私《わたし》の真剣《しんけん》さに気圧《けお》され、和月《わつき》さんは顔《かお》を真《ま》っ赤《か》にし、蚊《か》の鳴《な》くような声《こえ》を出《だ》す。

「そ……それは間《ま》に合《あ》ってるかなって……」

なるほど。

とりまとめると、食事《しょくじ》の介助《かいじょ》に沐浴《もくよく》のお世話《せわ》。排泄《はいせつ》のお世話《せわ》はなし……と。

「――わかりました。いたしましょう」

「――オマエッ。なに言《い》いだすんだ！」

目《め》をむくレンさんに向《む》かいほほえむと、私《わたし》は四《よ》ツ葉《ば》学園《がくえん》からわたされたスマホを取《と》りだし、ブラウザで連絡先《れんらくさき》を調《しら》べて電話《でんわ》をかける。

「もしもし。とつぜんのお電話《でんわ》でもうしわけありません。都《と》の介護《かいご》サービスについておうかがいしたいんです。ええ。食事《しょくじ》と沐浴《もくよく》のお世話《せわ》が必要《ひつよう》なイケメンと呼《よ》ばれるダメ人間《にんげん》を2名《めい》かかえているのですが、私《わたし》は男性《だんせい》が苦手《にがて》なため、お世話《せわ》ができるか不安《ふあん》でして……。つきましてはご指導《しどう》とご支援《しえん》を――」

「ちょっ……。ちょっと待《ま》って!! まつりちゃんっ。どこに電話《でんわ》をかけてるの!?」

青《あお》ざめる和月《わつき》さんに向《む》かい、私《わたし》は笑顔《えがお》で答《こた》える。

「行政《ぎょうせい》の窓口《まどぐち》です。日本国民《にほんこくみん》として生活《せいかつ》しているわけですから、行政《ぎょうせい》と連携《れんけい》しながら……」

「ごめんっ。俺《おれ》が悪《わる》かったです！ **だからいますぐ電話《でんわ》をきってくれえええええっ！**」

「遠慮《えんりょ》しないでください。はい。えーっと名前《なまえ》は……小笠原《おがさわら》――」

「**うおおおおっ。やめてくれえええっ！**」

和月《わつき》さんが私《わたし》からスマホをもぎとると「まちがえました！」と言《い》って通話《つうわ》を切《き》る。

「まつりちゃんっ。俺《おれ》、がんばる！ 自力《じりき》でがんばるからっ！ だから行政《ぎょうせい》とかテレビとか……。そういったところを巻《ま》きこもうとするのだけは、本当《ほんとう》にやめてくれええっ！」

ゼーゼーと肩《かた》で息《いき》をしている和月《わつき》さんを見《み》て、翼《つばさ》さんがレンさんにささやく。

「レン……ポチ子《こ》って……ちょっと怖《こわ》い？」

「――おそるべし天然力《てんねんりょく》」

同意《どうい》するようにレンさんがつぶやくと、翼《つばさ》さんも大《おお》きくうなずいた。

「とにかく。ただれたみなさんの生活《せいかつ》を直《なお》して、私《わたし》もとっとここから出《で》ていきたいと思《おも》っておりますので、ご協力《きょうりょく》よろしくお願《ねが》いいたします。さあ、ごいっしょに。**エイエイオーッ！**」

「「「……」」」

３男子《だんし》が顔《かお》を引《ひ》きつらせて、オソロシイものを見《み》るような目《め》つきでこちらを見《み》る。

「さあ、ごいっしょに！　**エイエイオー！**」

「**エイエイオー！**」

和月《わつき》さんがヤケクソ気味《ぎみ》に叫《さけ》んでこぶしをあげる。

「和月《わつき》さん。その調子《ちょうし》ですっ！　やればできるじゃないですか！　さあ、翼《つばさ》さんとレンさんもごいっしょに！」

「……エイエイオー……」

「翼《つばさ》さんっ。声《こえ》が小《ちい》さいっ！……レンさん。あなたはなにをしていらっしゃるんですか？」

黙々《もくもく》とそばを食《た》べはじめたレンさんは、私《わたし》のほうを一瞥《いちべつ》する。

「——そば。食《た》べないと食物虐待《しょくもつぎゃくたい》なんだろ」

「そうですね。ではレンさんはおそばを完食《かんしょく》しちゃってください。翼《つばさ》さん、和月《わつき》さん、さあおふたりだけご唱和《しょうわ》ください。**エイエイオー！**」

「「エイエイオー……！」」

あやしい引《ひ》っ越《こ》しパーティーはあやしげなテンションの中《なか》つづくのでした。

23 真夜中《まよなか》のアイドル活動《かつどう》

ここは深夜《しんや》の黒猫館《くろねこかん》・402号室《ごうしつ》。

カチカチと規則正《きそくただ》しく刻《きざ》まれる時計《とけい》の音《おと》が気《き》になり、私《わたし》は枕《まくら》で時計《とけい》を隠《かく》すと布団《ふとん》の中《なか》にすっぽりともぐりこんだ。

黒猫館《くろねこかん》・402号室《ごうしつ》への居候《いそうろう》が決《き》まり、私《わたし》はかつて汚部屋《おべや》だった場所《ばしょ》で生活《せいかつ》することに。

「ううう……。やっぱり眠《ねむ》れません」

夜中《よなか》は絶対《ぜったい》に部屋《へや》から出《で》るなと言《い》われましたが……。生理現象《せいりげんしょう》は特例《とくれい》ですよね！

私《わたし》は意《い》を決《けっ》してベッドの布団《ふとん》をめくると、そろりそろりと部屋《へや》からぬけだした。

用《よう》を終《お》えて部屋《へや》にもどろうとすると、住戸《じゅうこ》の中《なか》にあるダンススタジオから灯《あか》りがもれているのが見《み》える。

細《ほそ》い光《ひかり》がさす廊下《ろうか》から部屋《へや》をそうっとのぞきこむと、スタジオではレンさんがひとり、音《おと》にあわせて舞《ま》っている。

「――すごい。キレイ」

いままで私《わたし》が見《み》たことのない動《うご》き――。

たった1枚《まい》の扇《おうぎ》の動《うご》きだけで、ちがう性別《せいべつ》や景色《けしき》まで見《み》えてくる。

もっと見《み》たくって前《まえ》に出《で》ると――。

「ギャ――ッ！」

いつのまにか目《め》の前《まえ》にレンがあらわれ、私《わたし》は悲鳴《ひめい》をあげる。

「夜中《よなか》は部屋《へや》から出《で》るなと言《い》っただろ！」

「すみません！」

私《わたし》はコメツキバッタのように頭《あたま》をさげる。

「それは――なんですか？」

『能《のう》』だよ。練習前《れんしゅうまえ》にこれをやると、仕事《しごと》をするぞって気合《きあ》いが入《はい》るんだ――なんだよ」

「へー。レンさん。すごい。そうやって気持《きも》ちをきりかえてるんですね」

私《わたし》が思《おも》ったことを素直《すなお》に口《くち》にすると、レンさんの顔《かお》が赤《あか》くなる。

「別《べつ》に俺《おれ》だけじゃない。なにか儀式《ぎしき》をして気持《きも》ちをきりかえるヤツってけっこういる」

なんだろう。

スタジオにいるレンさんは、なんだか雰囲気《ふんいき》が優《やさ》しい。

私《わたし》がこっそりそんなことを思《おも》っているとはつゆ知《し》らず、レンさんはストレッチをしながらポツポツとしゃべる。

「翼《つばさ》は、舞台《ぶたい》に立《た》つ前《まえ》にロウソクに火《ひ》をつけてさ。ロウソクの炎《ほのお》を見《み》つめるんだと」

「ロウソクの炎《ほのお》を見《み》つめると、集中《しゅうちゅう》できるんですか？」

「ジッと炎《ほのお》を見《み》ていると世界《せかい》が炎《ほのお》の光《ひかり》みたいにゆれてくる。するといまいる世界《せかい》とこれから向《む》かう舞台《ぶたい》の世界《せかい》がきりかわったような気《き》がするんだ」

「ギャッ！」

背後《はいご》から聞《き》こえてきた翼《つばさ》さんの声《こえ》に、私《わたし》はおどろいてとびあがる。

「なんだよ。まだ俺《おれ》の練習時間《れんしゅうじかん》だろ」

「僕《ぼく》だってオマエとふたりきりでなんか練習《れんしゅう》したくないよ」

レンさんと翼《つばさ》さんのあいだに、またピリピリとした空気《くうき》が流《なが》れる。

「今度《こんど》のオーディション。３人《にん》いっしょに受《う》けて３人《にん》でデビューするんですよね？　だったらいまから仲良《なかよ》くしなきゃダメなんじゃないですか？」

ファンはメンバー同士《どうし》がいがみあうすがたなんてみたくないはずだ。

「あははは。ポチ子《こ》。なーにかんちがいしてるの？」

翼《つばさ》さんは私《わたし》の鼻先《はなさき》を人差《ひとさ》し指《ゆび》でつつく。

「オーディションには全員出《ぜんいんで》るけどバラバラだ――レンも和月《わつき》もライバルってこと」

「えええええっ!?　そうなんですか？」

同室《どうしつ》メンバーだし、てっきりいっしょのグループとして参加《さんか》すると思《おも》ってました。

「でも……。３人《にん》いっしょのほうが、おもしろいと思《おも》うんですけど」

私《わたし》が小《ちい》さな声《こえ》で言《い》うと、レンさんがいらだたしげな声《こえ》を出《だ》す。

「大嫌《だいきら》いなコイツとグループなんて組《く》めるわけないだろ」

「そっくりそのままお返《かえ》ししてやるよ」

「ケンカはやめてください！　もちろん個人《こじん》だったいままでだってすごかったんだと思《おも》いますが、３人《にん》いっしょになればもっと強《つよ》い光《ひかり》でかがやけると思《おも》いませんか？」

「かがやくとかファンとかどうでもいいんだよ」

「同感《どうかん》。めんどくさいだけだからね」

「——なっ！」

私《わたし》は彼《かれ》らの言葉《ことば》に、鈍器《どんき》で頭《あたま》を殴《なぐ》られたような衝撃《しょうげき》を受《う》ける。

「またなにか言《い》いたいわけ？」

「……そんな気持《きも》ちでアイドルになれるとは思《おも》いません……」

私《わたし》の目《め》からポロポロと涙《なみだ》がこぼれる。

「ど……どうしたの!?　ポチ子《こ》」

「そんな言《い》われ方《かた》をして……。みなさんのファンの方々《かたがた》がかわいそうです」

これ以上口《いじょうくち》を開《ひら》くと、本格的《ほんかくてき》に涙《なみだ》が止《と》まらなくなってしまいそうで……。

私《わたし》はギュッと唇《くちびる》をかみしめる。

「好《す》きになってもらったら、好《す》きになってやらなきゃいけないわけ？　そんなファンなんて、俺《おれ》はいらない」

「……。レンさん、最低《さいてい》です！」

衝動的《しょうどうてき》に平手《ひらて》をふりあげると、レンさんにその腕《うで》をつかまれる。

「もう部屋《へや》にもどってくれない？　練習《れんしゅう》の邪魔《じゃま》なんだけど」

「ごめんね。ポチ子《こ》」

とりつく島《しま》もないくらいバッサリとつげるレンさんに、めずらしく翼《つばさ》さんが同意《どうい》する。

私《わたし》はレンさんと翼《つばさ》さんを交互《こうご》に見《み》たあと、

「……。バーカ！　元《もと》から好《す》きではありませんが、ふたりとも大《だい》っ嫌《きら》いです！」

特大《とくだい》のアッカンベーをふたりにおみまいすると、プリプリと部屋《へや》へともどっていった。

「バーカって……。子《こ》どもかよ」

レンさんがあきれたようにつぶやく横《よこ》で、青《あお》ざめた翼《つばさ》さんが「ポチ子《こ》に嫌《きら》われた……」と、ブツブツくりかえしている。

ドンドンーーバタン。

大股《おおまた》で歩《ある》いて部屋《へや》にもどると、バタンとドアをしめる。

レンさんの顔《かお》を思《おも》いだすと、ムカムカと怒《いか》りがこみあげる。

「あの子《こ》と同《おな》じ名前《なまえ》なのに――レンさんは大《おお》バカ者《もの》です！」

そう言《い》いながら私《わたし》は、乱暴《らんぼう》な仕草《しぐさ》で布団《ふとん》をかぶる。

「……うう……眠《ねむ》れません」

怒《いか》りのせいで、さっきよりも目《め》が覚《さ》めてしまいました。

「おのれ！　藤原《ふじわら》レンめ――っ！」

ガバッと起《お》きあがり、天井《てんじょう》を見上《みあ》げて叫《さけ》ぶのでした。

24 一夜《いちや》のルームメイト

「クゥーン、クゥーーン」

ここは四《よ》ツ葉《ば》学園《がくえん》・黒猫館《くろねこかん》。４０２号室《ごうしつ》。

元汚部屋《もとおべや》だったこの部屋《へや》に、現在《げんざい》こっそり仮住《かりず》まい中《ちゅう》です。

「気《き》のせいでしょうか……。なにやらドアの向《む》こうから切《せつ》なげな声《こえ》が……」

『言《い》っておくけど、この４０２号室《ごうしつ》。幽霊《ゆうれい》が出《で》るからな』

レンさんの言葉《ことば》を思《おも》いだし、青《あお》ざめる。

「クーン、クーン」

カリカリと扉《とびら》をひっかくような不吉《ふきつ》な音《おと》が、部屋中《へやじゅう》にひびく。

「も……もしかして動物《どうぶつ》の幽霊《ゆうれい》さん……？」

それならば……。そんなに怖《こわ》くないかも。

私《わたし》がおそるおそる扉《とびら》を開《あ》けると――。

モコモコとした毛玉《けだま》が、私《わたし》に向《む》かってとびかかってくる。

「ギャ――――！　悪霊退散《あくりょうたいさん》！」

バチーン！

私《わたし》が目《め》を閉《と》じたまま手《て》をふりおろすと、毛玉《けだま》にクリティカルヒット！

「ギャーワワンッ！」

毛玉《けだま》の悲鳴《ひめい》におそるおそる目《め》を開《あ》けると――。

そこには小《ちい》さな犬《いぬ》が目《め》をまわしてのびていた。

「ええっ……本物《ほんもの》のワンコさんっ⁉　大変失礼《たいへんしつれい》しました！」

私《わたし》は急《いそ》いでワンコに近《ちか》づき、怪我《けが》がないか確認《かくにん》する。

「よかった。大丈夫《だいじょうぶ》そうですね」

茶色《ちゃいろ》の毛並《けな》みのワンコは目《め》を開《ひら》くと、小《ちい》さな舌《した》で私《わたし》の頬《ほお》をペロリとなめた。

「おどろいた。この部屋《へや》に犬《いぬ》がいたなんて、ぜんぜん気《き》づきませんでした」

そうか！

こっそりこの子《こ》を飼《か》っていることがバレないように、レンさんは『幽霊《ゆうれい》がいる』と言《い》って、私《わたし》をおどしたんですね。

「だいぶかわいい幽霊《ゆうれい》さんですね」

ほほえみかけると、ワンコはブンブンと尻尾《しっぽ》をふる。

ワンコの体温《たいおん》があたたかくて、なんだか幸《しあわ》せな気持《きも》ちになる。

「ありがとうございます。さっきまでとてもドス黒《ぐろ》い気持《きも》ちでしたが、あなたのおかげで少《すこ》し気《き》持《も》ちが晴《は》れました」

ワンコはつぶらな瞳《ひとみ》で、ジッとこちらを見《み》つめている。

「あなたの飼《か》い主《ぬし》は、レンさんですか？――ギャーッ！　痛《いた》いっ」

抱《かか》えていたワンコが「ちがう！」と言《い》うようにキャンキャンと抗議《こうぎ》し、私《わたし》の指《ゆび》をかむ。

「まったくいきなり人《ひと》をかむなんて！　飼《か》い主《ぬし》も飼《か》い主《ぬし》なら、犬《いぬ》も犬《いぬ》ですね！」

ワンコはさらに「ちがうちがう」と言《い》うようにワンワン吠《ほ》える。

「しっ。静《しず》かにしてください。さあ、もう自分《じぶん》のお部屋《へや》にもどりなさい」

そっと腕《うで》からおろそうとすると、ワンコがしがみついてくる。

「こら。イタズラはめっ！　です」

ベリッとはなして床《ゆか》に置《お》くと、その子《こ》は私《わたし》のベッドに滑《すべ》りこむ。

「ここでいっしょに寝《ね》たいんですか？」

そう聞《き》くと、ワンコはうれしそうに尻尾《しっぽ》をふる。

「——どれどれ」

ワンコの前足《まえあし》の脇《わき》に手《て》をかけ、もう一度《いちど》持《も》ちあげた。

「——なるほど。……オスですね」

「！」

「痛《いた》っ……。イタタタ！　なにするんですかっ！」

ワンコがカーッと赤《あか》くなり、小《ちい》さな前足《まえあし》で私《わたし》を蹴《け》る。

「オスのワンコといっしょに眠《ねむ》る趣味《しゅみ》はないのですが」

……なに？　泣《な》いてるんですか!?」

ボロボロと涙《なみだ》をこぼすワンコがかわいそうになり、私《わたし》はヨシヨシと頭《あたま》をなでた。

「わかりました。今晩《こんばん》だけですよ」

やれやれ……。

いきなりルームメイトができるとは。

ワンコを抱《だ》きしめると、ほんわりと身体中《からだじゅう》があたたまってくるのがわかる。

「すごい。あなたは天然《てんねん》の湯《ゆ》たんぽみたいですね」

あたたかさがようやく眠《ねむ》りの世界《せかい》にいざなってくれる。

「──おやすみなさい」

目《め》を閉《と》じてワンコを抱《だ》きしめると、

「おやすみ。ポチ子《こ》」

と、どこからか声《こえ》が聞《き》こえる。

ん？

いま、声《こえ》がしなかった!?

「──まさか。気《き》のせいですね」

小《ちい》さな生《い》き物《もの》を抱《だ》きしめたまま、深《ふか》い深《ふか》い眠《ねむ》りについた。

25 ワンコ、だれの子《こ》？

ここは黒猫館《くろねこかん》。４０２号室《ごうしつ》。

天窓《てんまど》からさんさんと差《さ》しこむ日差《ひざ》しに、私《わたし》はガバッと身体《からだ》を起《お》こす。

「しまったあああっ！　私《わたし》としたことが寝坊《ねぼう》しました！」

私《わたし》が３男子《だんし》を起《お》こさなければいけないのに！

「あれ？　あの子《こ》……ご主人様《しゅじんさま》のところに帰《かえ》ったのかな」

いっしょに寝《ね》ていたはずのワンコさんのすがたがない。

急《いそ》いで髪《かみ》の毛《け》をふたつに結《ゆ》わくと、あわてて部屋《へや》をとびだした。

「おはようございます！　寝坊《ねぼう》しましたっ！」

「よく寝《ね》てたねぇ。もうブランチの時間《じかん》だよ」

和月《わつき》さんの言葉《ことば》にギョッとし、時計《とけい》を見《み》ると針《はり》はもうすぐ10時《じ》にさしかかる。

ギャー！

私《わたし》としたことが、どれだけ爆睡《ばくすい》してしまったんでしょう。

「ま。今日《きょう》は学校《がっこう》が休《やす》みだからいいけどさ」

ほっ。いきなり3人《にん》を遅刻《ちこく》させてしまっては、女子《じょし》たちに袋《ふくろ》だたきにされるところです。

「あ。ポチ子《こ》、おはよう」

翼《つばさ》さんが少《すこ》しだけ恥《は》ずかしそうに頬《ほお》をそめる。

「レッスンや仕事《しごと》がない日《ひ》は昼過《ひるす》ぎまで寝《ね》ている翼君《つばさくん》が起《お》きてくるなんて、めずらしいね」

「ああ。なんかステキな寝床《ねどこ》を見《み》つけたから♪」

翼《つばさ》さんの言葉《ことば》に私《わたし》も反応《はんのう》する。

「そうだ。このお部屋《へや》でワンちゃんを飼《か》ってるんですね」

ブッ。ゲホゲホ。

レンさんが食《た》べていたヨーグルトをのどにつまらせ、咳《せ》きこみながら口《くち》を開《ひら》く。

「犬《いぬ》？　ここに犬《いぬ》がいるわけないだろ。錯覚《さっかく》じゃないのか？」

「錯覚《さっかく》じゃありません」

「――じゃあ幽霊《ゆうれい》だな。言《い》っただろ」

会話《かいわ》をきりあげようとするレンさんに向《む》かい、私《わたし》は首《くび》を左右《さゆう》にふる。

「幽霊《ゆうれい》なんかじゃありません。昨晩《さくばん》その子《こ》を抱《だ》いて寝《ね》ましたから」

「**ブ――――ッ‼**」

「**ギャアアアアアア！　汚《きたな》いいいいいいっ！**」

私《わたし》の言葉《ことば》を聞《き》いた瞬間《しゅんかん》、レンさんが盛大《せいだい》に飲《の》んでいたお茶《ちゃ》を吹《ふ》きだす。

しかも運《うん》が悪《わる》いことに私《わたし》に向《む》かって吹《ふ》きかけられる。

「――待《ま》て。待《ま》て待《ま》て待《ま》て待《ま》て。いったんおちつけ‼」

「いやいや。おちつかなきゃいけないのはレンでしょ」

和月《わつき》さんがあきれたようにため息《いき》をつく。

レンさんは和月《わつき》さんの言葉《ことば》に我《われ》を取《と》りもどしたのか、コホンと小《ちい》さく咳払《せきばら》いをする。

そのあとゆっくりと私《わたし》の目《め》を見《み》て、話《はな》しはじめた。

「もう一度《いちど》聞《き》くぞ。どこのだれが……。どこで寝《ね》たって？」

「レンさんのワンちゃんが、私《わたし》といっしょに寝《ね》たと何度《なんど》も言《い》ってるじゃないですか」

その瞬間《しゅんかん》、レンさんがバキッと箸《はし》をへし折《お》り、和月《わつき》さんもわざとらしく身体《からだ》をのけぞらせる。

「ちょっ。翼《つばさ》くぅーんっ。さすがにそれはマズイでしょ？」

「あ。あの元気《げんき》なオス犬《いぬ》の飼《か》い主《ぬし》は、翼《つばさ》さんだったんですね」

翼《つばさ》さんに向《む》き直《なお》り笑《わら》いかけると、翼《つばさ》さんがボッと顔《かお》を真《ま》っ赤《か》にそめる。

「——オス犬《いぬ》？　なんでわかるんだ」

ぶち切《ぎ》れる寸前《すんぜん》というような奇妙《きみょう》なほど優《やさ》しい声《こえ》で、レンさんはたずねる。

「なんでって……確認《かくにん》しましたから」

「「！」」

「えーっと僕《ぼく》はランニングに行《い》ってきまーす！」

脱兎《だっと》のごとく席《せき》を立《た》とうとする翼《つばさ》さんに向《む》かい、レンさんが鬼《おに》のような形相《ぎょうそう》でテーブルを力《ちから》いっぱいたたく。

「——。翼《つばさ》、ちょっと待《ま》てえええええっ！」

「それじゃあ。行《い》ってきまーす！」

猛《もう》スピードでふたりは消《き》えていくのだった。

26 翼《つばさ》とレン

ここは黒猫館《くろねこかん》の玄関前《げんかんまえ》。殺気立《さっきだ》ったレンが翼《つばさ》に追《お》いついたところだ。

「うわっ。レン！　おちつけ！」

「おちつけるわけがないだろう！」

レンが翼《つばさ》の頬《ほお》をぶん殴《なぐ》ろうとすると、翼《つばさ》は逆《ぎゃく》にレンの上《うえ》に馬乗《うまの》りになる。

「――なんでレンに怒《おこ》られなきゃいけないわけ？　ポチ子《こ》は、オマエのじゃないだろ」

「まつりは――俺《おれ》のものだ」

形勢逆転《けいせいぎゃくてん》。

今度《こんど》はレンが馬乗《うまの》りになり、ふりあげたこぶしが翼《つばさ》の頬《ほお》ギリギリにふりおろされる。

「はっ。本音《ほんね》が出《で》たな。ポチ子《こ》のこと好《す》きなんだろ。ポーカーフェイスをしたってだめだよ。僕《ぼく》、犬《いぬ》だから鼻《はな》がいいんだよねぇ」

「――お前《まえ》には関係《かんけい》ない」

「関係《かんけい》ないなら別《べつ》にいいけど。あ、ポチ子《こ》は僕《ぼく》がもらうわ」

レンはおどろいた顔《かお》をする。

「恋《こい》かどうかって聞《き》かれるとわからない――でもいっしょにいるとおちつく。こんなのはじめてだ」

自分《じぶん》が芸能人《げいのうじん》であることや抱《かか》えてるヒミツのことを考《かんが》えなくてすむ。もともと自分《じぶん》を知《し》らなかった人《ひと》たちでさえ、芸能人《げいのうじん》と知《し》れば手《て》のひらを返《かえ》すと言《い》うのに。

「――みとめない」

「レンに決《き》められる筋合《すじあ》いはないんだけど。ポチ子《こ》に選《えら》んでもらうよ。あーゆー男嫌《おとこぎら》いな子《こ》のほうが、落《お》ちたらハマりそうだし。いろいろ僕好《ぼくごの》みにしちゃおうかな」

「――翼《つばさ》」

レンの地《ち》をはうような暗《くら》い声《こえ》に、翼《つばさ》は顔《かお》をあげる。

「なに？　もう行《い》くけど」

「いいか。もう二度《にど》と『**あのすがた**』でまつりの部屋《へや》に行《い》くのはやめろ！」

「えー☆　い・や・だ」

「……よく言《い》った。オマエのその煩悩《ぼんのう》すべて追《お》いはらってやる！」

「うわあああっ。レン、タンマ！　それはマズイって！　うわあああっ！」

ハクション！

レンは胸《むね》ポケットから出《だ》したコショウを、翼《つばさ》に向《む》かってふりかける。

「**――ウ・ウ・ウ。ワンッ！**」

翼《つばさ》のすがたは消《き》え、一匹《ぴき》の子犬《こいぬ》があらわれる。

「吠《ほ》えるな、駄犬《だけん》」

「**ワン！　ワンワン！**」

ひとり対《たい》一匹《ぴき》のとっくみあいのケンカがはじまるのだった。

27 恋愛《れんあい》マスター、和月《わつき》さん

ここは黒猫館《くろねこかん》。４０２号室《ごうしつ》。

さっきまでの嵐《あらし》がさり、リビングには私《わたし》と和月《わつき》さんだけになってしまった。

「――レンさん。どうしてあんなに怒《おこ》っていらっしゃったのでしょうか？」

私《わたし》の問《と》いかけにクスリと和月《わつき》さんが笑《わら》う。

「あれ？　まつりちゃん、本当《ほんとう》にわからないの？」

うーん。

いろいろ考《かんが》えをめぐらせてみますが、まったくもって見当《けんとう》がつきません。

腕組《うでぐ》みして首《くび》をかしげている私《わたし》の頭《あたま》を、和月《わつき》さんが丸《まる》めた台本《だいほん》でコツンとたたいた。

「――好《す》きだからじゃない？」

「好《す》き……。　レンさんは無類《むるい》の犬好《いぬず》きなんですね」

あんなに怒《おこ》るなんて、よほど好《す》きなのだろう。

「いやいや。ちがうって」

「——え。じゃあ……」

私《わたし》は真《ま》っ赤《か》になってほてった頬《ほお》を両手《りょうて》でおさえる。

「そ。そーゆーこと。まつりちゃんって本当《ほんとう》に鈍《にぶ》いよなぁ」

「私《わたし》そんな……。ぜんぜん気《き》づきませんでした」

レンさんが……翼《つばさ》さんのことを好《す》きだなんて……。

「私《わたし》は……これからどんな風《ふう》にレンさんと接《せっ》すればいいのでしょうか？」

「レンがなにを思《おも》ってるかはわからないんだし、いままでどおりでいいんじゃないの？」

いままでどおりにふるまうこと。

「わかりました。やってみます。それにしても和月《わつき》さんは**恋愛《れんあい》マスター**なんですね」

「恋愛《れんあい》マスター!?」

おどろいて目《め》を見開《みひら》く和月《わつき》さんに、私《わたし》はさらに言葉《ことば》をつづける。

「だれかがだれかを好《す》きな気持《きも》ちに敏感《びんかん》なんですね。きっと」

「あ。それはあるかな。いまさ。『GO《ゴー》　GO《ゴー》！　スクール！』って学校《がっこう》をまわるバラエティー番組《ばんぐみ》をやってるんだけど、恋愛《れんあい》ネタをかぎあてるのは強《つよ》いのよ、俺《おれ》」

なるほど。和月《わつき》さんは努力家《どりょくか》なんですね。感心《かんしん》している私《わたし》に向《む》かい、和月《わつき》さんが、

「まつりちゃん。ここでのことは絶対《ぜったい》に言《い》っちゃいけないよ」

「はい。でもどうしてですか？」

「それは――」

プルルルル。

和月《わつき》さんのスマホが鳴《な》る。

「あ。ごめん。ちょっと急用《きゅうよう》」

和月《わつき》さんはスマホを手《て》に取《と》りリビングから出《で》て行《い》く。

「ねえ。これから打《う》ち合《あ》わせなんだけどさ。ちょっと手伝《てつだ》ってもらえる？」

「はいっ。よろこんで！」

「どっかの店員《てんいん》かよ……」

あきれる和月《わつき》さんに連《つ》れられ、私《わたし》はロケ車《しゃ》に乗《の》りこむのであった。

28
小《お》笠《がさ》原《わら》和《わ》月《つき》と黒《くろ》の王子《おうじ》様《さま》

「──あ、アイツ」

和月《わつき》さんといっしょに『GO《ゴー》　GO《ゴー》！　スクール！』の打《う》ち合《あ》わせに向《む》かう車《くるま》の中《なか》だ。

大型《おおがた》のバンの窓《まど》には特殊《とくしゅ》なシートが貼《は》られ、外《そと》から中《なか》が見《み》えないようになっている。

和月《わつき》さんの視線《しせん》の先《さき》には、ベンチに座《すわ》る黒髪《くろかみ》のキレイな男《おとこ》の子《こ》。

「わー。キレイな人《ひと》ですね。お友《とも》だちですか？」

「うーん。まぁそんなところかな。そこで止《と》めて！」

和月《わつき》さんがするどい声《こえ》を放《はな》ち、大型《おおがた》のバンがその声《こえ》にあわせて急停車《きゅうていしゃ》する。

急《きゅう》ブレーキのせいで、私《わたし》は後部座席《こうぶざせき》にしたたか頭《あたま》を打《う》ちつける。

「ごめんごめん。まつりちゃん、ちょっと急用《きゅうよう》。車《くるま》で待《ま》っててくれる？」

「はい。わかりました」

和月《わつき》さんはほほえむと、急《いそ》ぐように車《くるま》からとびだした。

「あんなに急《いそ》いでとびだすなんて。まさか和月《わつき》さんもあの男《おとこ》の子《こ》が好《す》きなのでしょうか」

女子《じょし》に萌《も》える私《わたし》と、男子《だんし》が好《す》きな４０２号室《ごうしつ》のメンバーたち。

「――少《すこ》しだけ、あの３人《にん》に親近感《しんきんかん》がわいてきました」

私《わたし》は車中《しゃちゅう》の後部座席《こうぶざせき》で、ひとりポツリとつぶやくのでした。


「やっほー☆」

ひとりだけ冷《つめ》たい空気《くうき》をはなち、ジッと前《まえ》を見《み》る少年《しょうねん》に心当《こころあ》たりがあった。

もともと人《ひと》の顔《かお》をおぼえるのが得意《とくい》ではあったが、コイツのことは忘《わす》れない。

好奇心《こうきしん》か、はたまたただの気《き》の迷《まよ》いか。

気《き》がついたら、ロケ車《しゃ》からとびおりここにいた。

「あっれー。無視《むし》するの？　幼《おさな》なじみ泣《な》かせの色男《いろおとこ》」

「……」

彼《かれ》は氷《こおり》のような目《め》で一瞬《いっしゅん》だけこちらを見《み》る。

「すげー、視線《しせん》。怖《こわ》いっ」

「……」

話《はな》しかけても無視《むし》。小笠原和月《おがさわらわつき》を相手《あいて》に、いい度胸《どきょう》してんじゃねーか。

ドスン！　と強引《ごういん》に横《よこ》に腰《こし》をおろすと、黒髪《くろかみ》の少年《しょうねん》は、さらに不快《ふかい》そうに顔《かお》をゆがめる。不満《ふまん》げに眉《まゆ》をつりあげた。

「——芸能人様《げいのうじんさま》がなんの用《よう》ですか」

「おっ。ようやくしゃべった☆　一瞬《いっしゅん》、イケメンの置物《おきもの》かと思《おも》っちゃった」

おー、こわっ。冷《つめ》たい視線《しせん》。

話《はな》したくないという意思表示《いしひょうじ》なのか、カバンの中《なか》から出《だ》した本《ほん》を開《ひら》き、読《よ》みはじめる。

まぁ。コイツが俺《おれ》のことを嫌《きら》いでも仕方《しかた》がない。

コイツの名前《なまえ》は、**黒崎旺司《くろさきおうじ》**。

彼《かれ》は俺《おれ》がやっている番組《ばんぐみ》『GO《ゴー》　GO《ゴー》！　スクール！』に出《で》て、幼《おさな》なじみの女《おんな》の子《こ》と仲《なか》がこじれてしまったのだから。

「——いっとくけど、君《きみ》の幼《おさな》なじみを最終的《さいしゅうてき》に傷《きず》つけたの、俺《おれ》じゃないからね」

思《おも》いきり挑発《ちょうはつ》するつもりで言《い》ってやったが、目《め》の前《まえ》の少年《しょうねん》はまばたきもせず答《こた》えた。

「——知《し》ってます」

本《ほん》から目線《めせん》をそらさず、彼《かれ》は告《つ》げる。

「じゃあ。そんな殺気《さっき》をバンバン俺《おれ》にとばしてくるなよ」

「──とばしてません」

黒崎君《くろさきくん》の本《ほん》を取《と》りあげ、俺《おれ》はその顔《かお》をのぞきこむ。

「じゃー、恨《うら》んでる？」

「俺《おれ》があなたを恨《うら》んだら、それこそ筋《すじ》ちがいでしょ？」

淡々《たんたん》とした口調《くちょう》でそう告《つ》げられ、想像以上《そうぞういじょう》にホッとしている自分《じぶん》に気《き》がついた。

「やば。自分《じぶん》が思《おも》ってた以上《いじょう》にうれしいかも」

黒崎君《くろさきくん》は一瞬《いっしゅん》、なんのことかわからない…と言《い》うように眉間《みけん》にしわをよせる。

俺《おれ》は本《ほん》をベンチに置《お》くと、ウーッと両腕《りょううで》をのばし、のびをした。

「ごめんね。仕事柄《しごとがら》さ。恨《うら》まれごとたーっくさん、あるのは仕方《しかた》ないと思《おも》ってる。……番組《ばんぐみ》に魂売《たましいう》ってるから、俺《おれ》」

「俺《おれ》には関係《かんけい》ないことです」

「そうだよ。そうだけどさっ！……でももうしわけないことしたなって思《おも》ってたんだ」

俺《おれ》はいっきにそう言《い》うと、黒崎君《くろさきくん》にむかい頭《あたま》をさげた。

「ごめん。公開告白《こうかいこくはく》止《と》められなくて。あんなことになって……」

黒崎君《くろさきくん》はベンチに置《お》かれた本《ほん》を手《て》に取《と》り、しおりをはさむ。

「――いいんです。俺《おれ》と彼女《かのじょ》の未来《みらい》は、全部同《ぜんぶおな》じだから」

意味《いみ》ありげな黒崎君《くろさきくん》の言葉《ことば》に、俺《おれ》は意外《いがい》に思《おも》う。

「なんで？　君《きみ》はあの幼《おさな》なじみ、**白石《しらいし》ゆの**ちゃんが好《す》きだろ？」

いま俺《おれ》がやっている番組《ばんぐみ》で公開告白《こうかいこくはく》をした少女《しょうじょ》。

彼女《かのじょ》の顔《かお》を思《おも》いだすと、さすがの俺《おれ》も胸《むね》が痛《いた》む。

「――好《す》きです。世界中《せかいじゅう》のだれよりも」

「ヒュー、カッコイイ！」

「――でも。これで終《お》わりです。運命《うんめい》は変《か》わりませんから。――それじゃあ」

黒崎君《くろさきくん》は本《ほん》を閉《と》じると立《た》ちあがり、去《さ》っていった。

「――変《か》わらない運命《うんめい》なんてないよ。黒崎君《くろさきくん》」

変《か》えられないなら変《か》えればいい。

「それにしてもイケメンだよなー。この小笠原和月《おがさわらわつき》がかすんだらどうするんだっつーの」

クスクスと笑《わら》いながら、小《ちい》さくなる彼《かれ》の背中《せなか》を見送《みおく》った。

29 あらたな企《たくら》み

「お待《ま》たせ〜。はいこれ、差《さ》し入《い》れ」

俺《おれ》・小笠原《おがさわら》和月《わつき》は、待《ま》たせていたロケ車《しゃ》の中《なか》にすべりこむと、後部座席《こうぶざせき》でおとなしくまっていたまつりちゃんにポンと缶《かん》をほうりなげた。

缶《かん》は放物線《ほうぶつせん》を描《えが》きながら、ゆっくりとまつりちゃんの手《て》の中《なか》に収《おさ》まる。

「わっ。あったかいミルクティー！　ありがとうございます……アチ、アチッ」

ミルクティーの缶《かん》が熱《あつ》すぎて、まつりちゃんはワタワタとお手玉《てだま》のように投《な》げている。

「ど〜いたしまして♪」

「会《あ》いたい人《ひと》に会《あ》えて、和月《わつき》さんよかったですね」

まつりちゃんがキラキラと目《め》をかがやかせながら、こっちを食《く》い入《い》るように見《み》つめてくる。

「まぁ。そうだね」

「――愛《あい》の力《ちから》ですね」

「ん？　そうか……。愛《あい》の力《ちから》かもなぁ」

黒崎君《くろさきくん》の幼《おさな》なじみが好《す》きすぎる気持《きも》ちに、俺《おれ》がひっぱられたような気《き》がするからだ。

「愛《あい》は地球《ちきゅう》を救《すく》いますね！」

感動《かんどう》したように言《い》うまつりちゃんに俺《おれ》は笑《わら》いかける。

たしかに。

本気《ほんき》の愛《あい》は、半径《はんけい》3メートルくらいの人《ひと》は救《すく》えるかも知《し》れない。

でも……テレビの力《ちから》を使《つか》えば、もっと大《おお》きな奇跡《きせき》が起《お》こせるんじゃないか？

そんなことを考《かんが》えながら、「やめた」と思考《しこう》を止《と》める。

この作戦《さくせん》には致命的《ちめいてき》な欠点《けってん》があるからだ。

「はー……。まぁムリだな」

「ため息《いき》なんてついて。なにか悩《なや》みでもあるんですか？」

「悩《なや》みっていうか、後悔《こうかい》……だな」

後悔《こうかい》。

自分《じぶん》で言《い》ったにもかかわらず、「俺《おれ》、後悔《こうかい》してたのか」と自分《じぶん》の気持《きも》ちにおどろく。

ふだんの自分《じぶん》だったら絶対《ぜったい》に、こんなことだれかに話《はな》したりしないのに……。

「——番組《ばんぐみ》でさ。結果的《けっかてき》にある女《おんな》の子《こ》を傷《きず》つけちゃったんだよね……。どうしようもないんだけど、かわいそうなことをしたなーって」

あれれ？　まつりちゃんには隠《かく》すことなく自分《じぶん》の気持《きも》ちを話《はな》せるからふしぎだ。

「それなら、いますぐにあやまったほうがいいですよ」

「はあっ？」

まつりちゃんの言《い》う言葉《ことば》の意味《いみ》がわからずに、俺《おれ》はすっとんきょうな声《こえ》をあげた。

「だって、傷《きず》つけたらあやまる。幼稚園生《ようちえんせい》だってちゃんとやっていますよ」

「だって俺《おれ》……小笠原和月《おがさわらわつき》だぜ？」

「小笠原和月《おがさわらわつき》さんだろうが、校長先生《こうちょうせんせい》だろうが、大統領《だいとうりょう》だろうが、あやまるときはあやまる。人《ひと》としての基本《きほん》です」

当《あ》たり前《まえ》のことを言《い》われただけなのに、俺的《おれてき》には目《め》から鱗《うろこ》がボロボロとおちまくった。

だってそうだろ？

俺《おれ》のまわりにそんなこと言《い》うやつなんてひとりもいなかったんだから。

おかしくなってきて「そりゃそうだ」とお腹《なか》をかかえて笑《わら》いだす。

「——まつりちゃん。ありがとう。あやまりがてら、俺《おれ》、やってみるわ」

そう言《い》ってまつりちゃんにほほえむと、ポケットからスマホを取《と》りだす。

「あ。プロデューサー？　いまそっち向《む》かってるけど、到着《とうちゃく》するまで待《ま》てなくて。『GO《ゴー》　GO《ゴー》！　スクール！』でさ、三《み》ツ星学園《ぼしがくえん》のこともう少《すこ》し追《お》いかけようと思《おも》う。うん。じゃあ後《のち》ほど」

電話《でんわ》を切《き》ると、俺《おれ》はゆっくりと目《め》を閉《と》じた。

「――楽《たの》しみだな。色々《いろいろ》と」

その日《ひ》。

『GO《ゴー》　GO《ゴー》！　スクール！』の打《う》ち合《あ》わせで、三《み》ツ星学園《ぼしがくえん》への再《さい》オファーが確定《かくてい》した。

30 ヒミツのおうぎ

「ノォオオ――ッ！　NO《ノー》NO《ノー》NO《ノー》！　BOY《ボーイ》たちっ！　ぜんっぜんおどれてないYO《ヨ》！」

ここは四《よ》ツ葉学園《ばがくえん》。ダンススタジオ。

一面鏡《いちめんかがみ》ばりの部屋《へや》では、サングラスの老人《ろうじん》が杖《つえ》をふりまわしている。

いきなりやってきたジョニーさんは、オーディションのエントリーをした生徒《せいと》たちを集《あつ》めて、特別《とくべつ》レッスンをつけてくれている最中《さいちゅう》なんだ。

「本番《ほんばん》まであと少《すこ》し。本当《ほんとう》にオーディション受《う》ける気《き》あるの!?　自分《じぶん》の実力《じつりょく》をもう一度《いちど》考《かんが》えて、棄権《きけん》するなら棄権《きけん》して。それじゃあBYE《バイ》！」

その手《て》はミイラみたいなのに、鏡《かがみ》がびりびりとふるえるほどの声《こえ》と迫力《はくりょく》。

これが業界《ぎょうかい》のドン。ジョニーさんかぁ。

プリプリとスタジオをとびだしたジョニーさんの後《うし》ろすがたをしばし見送《みおく》る。

うーん。私《わたし》からみたら3人《にん》とも上手《じょうず》におどっているように見《み》える。

それなのに、ぜんぜんおどれてないって、どういうことなんだろう。

私《わたし》が3人《にん》のためにできること――。それは――。

「**ジョニーさん。待《ま》ってくださいいいいいっ！**」

私《わたし》は全速力《ぜんそくりょく》で、追《お》いかけた。

「アレ？　どこに行《い》っちゃったんだろう……」

角《かど》をまがった先《さき》に、ジョニーさんのすがたはなかった。

彼《かれ》のすがたを見《み》つけたのは、それから30分後《ぷんご》。

学校中《がっこうじゅう》を探《さが》したんだけれど見《み》つからなくって……。

そんなとき、ランチには必《かなら》ず赤《あか》ワインを召《め》しあがるという記事《きじ》を前《まえ》にみたことを思《おも》いだし、学《がっ》校《こう》の外《そと》を探《さが》していたら……。ビンゴでした！

「ガールはだれ？　僕《ぼく》は女子《じょし》が嫌《きら》いだよ！　シッシ！」

ハエを追《お》い払《はら》うように手《て》をはらうと、ジョニーさんはまた歩《ある》きだす。

「はっ。もうしおくれました。私《わたし》は日々野《ひびの》まつりともうします。四《よ》ツ葉学園芸能《ばがくえんげいのう》コースの藤原《ふじわら》レン、谷口翼《たにぐちつばさ》、小笠原和月《おがさわらわつき》のマネージャーをしております」

私《わたし》はジョニーさんの前《まえ》に立《た》つとガバッと頭《あたま》をさげる。

「……あの3人《にん》のマネージャー？　ガールみたいな小娘《こむすめ》が？」

「はいっ。今回《こんかい》のオーディションで優勝《ゆうしょう》してもらいたいと思《おも》っています。だから教《おし》えてください。どうすれば勝《か》てるのかを」

「それを考《かんが》えるのはガールの仕事《しごと》でしょ？」

「はいっ。考《かんが》えました。考《かんが》えて考《かんが》えてそれで、来《き》たんです」

ふしぎそうな顔《かお》をする。

「わからないことがあれば、その道《みち》のプロに聞《き》くことが最善《さいぜん》だって」

杖《つえ》をふりあげる。

たたかれる——！　と思《おも》うと、ジョニーさんは壁《かべ》をドスンとつきさした。

「——失礼《しつれい》。蚊《か》がとんでいたからね」

いやいやっ。蚊《か》はとんでいないと思《おも》います！

「一言《ひとこと》でいうとね、ダンスがすべてだ」

「ほかのものが得意《とくい》なメンバーもいるんですけど……」

「うちでほしいのは『**ダンスができる**』子《こ》。ほかはいらないよ。じゃあね」

どうしよう……。

ジョニーさんが行《い》っちゃう！

こんな風《ふう》に直接《ちょくせつ》アドバイスをいただける機会《きかい》は、もうないかも知《し》れない。

立《た》ち去《さ》ろうとするジョニーさんの背中《せなか》に向《む》かって、私《わたし》は声《こえ》をかける。

「あの……それだけですか？」

そのまま立《た》ち去《さ》ろうとしたジョニーさんが、ユラーリとふり向《む》く。

ヒョエー！　鬼《おに》がいますっ！

ジョニーさんの顔《かお》は、怒《いか》りに充《み》ち満《み》ちた鬼《おに》の形相《ぎょうそう》だ。

「ガール！　君《きみ》、いまそれだけって言《い》わなかった⁉」

「ギャー！　痛《いた》いですー！」

ズンズンと大股《おおまた》でもどってきたジョニーさんは、私《わたし》の頬《ほお》をおもちのようにひっぱる。

「いい？　**ダンスは心技体《しんぎたい》。スター性《せい》。変幻自在《へんげんじざい》。礼節《れいせつ》。ストーリー。すべてが集約《しゅうやく》されている。**

わかるっ⁉」

「いま……わかりぃましゅた……」

「ガール！　わかってないよ！　ダンスはね。それだけじゃない！」

頬《ほお》を思《おも》いきりひっぱられながらしゃべっているせいで、ヘンテコな話《はな》し方《かた》になる。

「ダンスは――」

そこまで言《い》うと、ジョニーさんはふっと手《て》をゆるめる。

「やめた。なんでYOU《ユー》に、こんな大事《だいじ》なことを教《おし》えなければいけないのさ」

私《わたし》はジョニーさんの足《あし》にくらいつく。

「ジョニーさん！」

「OUCH《アウチ》！　まだこの僕《ぼく》から話《はなし》を引《ひ》きだそうとする気《き》!?　警察《けいさつ》を呼《よ》ぶよ！」

「いえっ。ありがとうございました。のこりは自分《じぶん》で……いいえ。３人《にん》といっしょに考《かんが》えます」

ジョニーさんはサングラスを外《はず》すとマジマジと私《わたし》の顔《かお》を見《み》る。

ジョニーさんの目《め》！　めちゃくちゃつぶら！

小《ちい》さくて愛《あい》らしい目《め》が、パチパチとこちらを観察《かんさつ》する。

「あの……なにかついてますか？」

「ガール。名前《なまえ》は？」

さっき名乗《なの》ったんだけど……。そう思《おも》いつつも背筋《せすじ》をのばし口《くち》を開《ひら》く。

「私《わたし》は……日々野《ひびの》まつりともうします」

「君《きみ》は……あの３人《にん》が大好《だいす》きなんだね」

「いいえっ。心《こころ》の底《そこ》から気持《きも》ち悪《わる》いと思《おも》っています！　私《わたし》、男《おとこ》の子《こ》が苦手《にがて》なので」

私《わたし》の返《かえ》しにキョトンとすると、ジョニーさんが爆笑《ばくしょう》する。

「なるほど。彼《かれ》らの邪魔《じゃま》にならないならば、ほんの少《すこ》しＹＯＵ《ユー》のことが好《す》きになったかな。あの３人《にん》をたのんだよ。――**いまのままではとうてい優勝《ゆうしょう》できないからね**」

えっと私《わたし》が目《め》を見開《みひら》くと、ジョニーさんはしまったとばかりに口《くち》をとじる。

「ソーリー。いまのは僕《ぼく》のひとりごとだ」

ジョニーさんはそう言《い》うと、くるりとＵ《ユー》ターンして歩《ある》いていった。

「ジョニーさん！　私《わたし》たちがんばります！　ありがとうございました！」
私《わたし》はジョニーさんの言葉《ことば》をかみしめながら、深《ふか》く深《ふか》く頭《あたま》をさげるのだった。
ダンスにとって大切《たいせつ》なこと。
これを見《み》つけない限《かぎ》りは、３人《にん》の優勝《ゆうしょう》はありえない。
わずかの間《あいだ》だけど、やれることは全部《ぜんぶ》やろう。
そう心《こころ》に誓《ちか》うのだった。

31 雨《あめ》の日《ひ》は傘《かさ》を

キーンコーンカーンコーン。

ここは四《よ》ツ葉《ば》学園《がくえん》第《だい》一棟《とう》・玄関前《げんかんまえ》。

糸《いと》のように細《ほそ》い雨《あめ》が、建物《たてもの》や地面《じめん》をぬらしていく。

雨《あめ》の日《ひ》は世界《せかい》がモノトーンに見《み》えるけれど、色《いろ》とりどりの傘《かさ》がその彩《いろど》りを与《あた》え、一瞬《いっしゅん》で華《はな》やぐ。

だから私《わたし》は雨《あめ》の日《ひ》がけっこう好《す》きだ。

「レンさん」

ゼーゼーと肩《かた》で息《いき》をしながら、レンさんの前《まえ》にたどりつく。

私《わたし》は自分《じぶん》のカバンから折《お》りたたみ傘《がさ》を取《と》りだすと、レンさんに押《お》しつけた。

「傘《かさ》です。これを使《つか》って、とっととお帰《かえ》りください！」

その様子《ようす》に群《むら》がっていた女子《じょし》たちがザワッとするが「ああ……。あの子《こ》担当《たんとう》の子《こ》よ」と小《ちい》さな声《こえ》でヒソヒソとささやきあっている。

さっきから見《み》ていたが、レンさんは乙女《おとめ》たちから差《さ》しだされる傘《かさ》を断《ことわ》りつづけていた。

それは異様《いよう》なぶつかり稽古《げいこ》のようで……乙女《おとめ》を愛《あい》する私的《わたしてき》には見《み》ていられません！

「それでは。失礼《しつれい》いたします」

「オマエ……自分《じぶん》の傘《かさ》は？」

「私《わたし》はなくても大丈夫《だいじょうぶ》です。ではまた明日《あした》」

私《わたし》はレンさんと女子《じょし》のみなさんに一礼《いちれい》すると、『黒猫館《くろねこかん》』へ向《む》かって走《はし》りだした。

黒猫館《くろねこかん》に向《む》かう緑道《りょくどう》は、雨《あめ》にぬれて緑《みどり》の匂《にお》いが深《ふか》くなっている。

私《わたし》は、さきほどよりも大《おお》きな雨粒《あまつぶ》を降《ふ》らせる空《そら》を見上《みあ》げた。

とにかく早《はや》く帰《かえ》らなきゃ。


「……あれ？」

曇《くも》った鈍色《にびいろ》だった空《そら》が、明《あか》るい虹色《にじいろ》になる。

レンさんに傘《かさ》を差《さ》しだされたと知《し》ったのは、数秒後《すうびょうご》だ。

「あの……。レンさん。私《わたし》は大丈夫《だいじょうぶ》なので、おかまいなく」

「かんちがいするな。借《か》りを作《つく》りたくないだけだ」

レンさんはそう言《い》うと、私《わたし》のとなりに並《なら》んだ。

折《お》りたたみ傘《がさ》が小《ちい》さくて、レンさんの肩《かた》と私《わたし》の肩《かた》が何度《なんど》もこすれあう。

猛烈《もうれつ》な居心地《いごこち》の悪《わる》さに、私《わたし》はうつむいた。

「……あの。レンさんひとりで使《つか》ってください。私《わたし》、先《さき》に行《い》きます」

「オマエの傘《かさ》だ。遠慮《えんりょ》するな」

「いえっ。遠慮《えんりょ》をするとかしないとかではなく、レンさんと並《なら》んで帰《かえ》るのが気持《きも》ちが悪《わる》いだけなので」

「この俺様《おれさま》に向《む》かって……。オマエ。本当《ほんとう》にムカつくな。そろそろ本気《ほんき》でぶっとばすぞ」

レンさんがいきなり私《わたし》に、自分《じぶん》のカバンを押《お》しつける。

「そのカバン、大事《だいじ》だからぬらすなよ。少《すこ》しでもぬらしたら——泣《な》かす」

ひっ。私《わたし》は急《いそ》いでレンさんのカバンを抱《だ》きしめる。

「へー。男《おとこ》のカバンは大丈夫《だいじょうぶ》なんだ」

「はい。カバンには性別《せいべつ》がありませんから」

真顔《まがお》で答《こた》えると、レンさんはブッと笑《わら》う。

「カバンの性別《せいべつ》について話《はなし》をされるとは思《おも》わなかった」

「あの……。やっぱりカバンをお返《かえ》しするので、ギャー！」

レンさんが傘《かさ》を引《ひ》くと、私《わたし》の身体《からだ》とレンさんのカバンが雨《あめ》にぬれる。

「あーあ。大事《だいじ》なカバンだって言《い》ったのに。お仕置《しお》きだな」

「ちがっ！　いまのはレンさんのせいじゃないですかっ！　ギャー！　なにするんですかっ！」

レンさんの吐息《といき》と唇《くちびる》が耳《みみ》に触《ふ》れ、私《わたし》は涙目《なみだめ》で悲鳴《ひめい》をあげる。

「泣《な》かすって、言《い》っただろ――ってオマエ、**ふざけんなあああっ！**」

私《わたし》が力《ちから》いっぱいカバンをほうりなげると、レンさんが悲鳴《ひめい》をあげる。

「すみません。本当《ほんとう》に手《て》がすべりました」

「絶対《ぜったい》にすべってないだろ！　わざとだろうが！　どう見《み》ても！」

「わざとじゃないです！　気持《きも》ち悪《わる》くてビックリしただけです！」

「――気持《きも》ち悪《わる》いだと……」

怒《いか》りでふるえるレンさんのことを私《わたし》はツーンと無視《むし》する。

本当《ほんとう》にわざとじゃないのに。レンさんは私《わたし》のことをなんだと思《おも》ってるんでしょうか。

雨《あめ》にぬれるカバンを指《ゆび》さし、私《わたし》はレンさんの目《め》を見《み》ず告《つ》げる。

「カバンぬれてますよ？」

それを聞《き》いたレンさんの目《め》はつりあがり、すっとんきょうな声《こえ》をあげる。

「はあっ!? まさかこのオレサマにひろいに行《い》かせようとしてないか? オマエだ! オマエが行《い》くんだよ。だれに向《む》かって言《い》ってんだ!」

「セクハラ変態野郎《へんたいやろう》にですっ!」

キッパリと告《つ》げるとレンさんのこめかみがピクピクとけいれんした。

「……。オマエみたいなコンコンチキにこの俺《おれ》がセクハラするわけないだろ」

「いま! いましたじゃないですか!」

「——じゃあなにされたのか言《い》ってみろよ」

うっ。耳《みみ》に息《いき》をかけられたとか……乙女《おとめ》たるもの恥《は》ずかしくて言《い》えません!

「ほら言《い》えないじゃないか」

「レンさんは卑怯《ひきょう》です!」

呪詛《じゅそ》をこめて見《み》つめると、レンさんは鼻《はな》で笑《わら》う。

「とにかくオマエが投《な》げたんだから、ひろってこい!」

「お断《ことわ》りします。ばっちいです!」

「オマエッ。さっきカバンには性別《せいべつ》がないとか言《い》ってたじゃないか」

「いまからレンさんのカバンだけには触《さわ》りたくないんです! ばっちいので」

「オマエ、さりげなく二度《ど》も、ばっちいって言《い》ったな！」

「何度《なんど》でも言《い》いますよ。ばっちい、ばっちい、ばっちいです！」

『ばっちい』を連呼《れんこ》するたびに、レンさんが怒《いか》りでふるえる。

「ほおおおおっ。そのゆがんだ根性《こんじょう》たたき直《なお》してやる」

「やれるものならやってみてください！　むしろゆがんだ人間性《にんげんせい》を私《わたし》がたたき直《なお》して差《さ》しあげますから」


バチバチバチ。


一触即発《いっしょくそくはつ》。

レンさんとにらみあっていると、うしろから能天気《のうてんき》な声《こえ》がする。

「あのー。仲良《なかよ》くもり上《あ》がってるところ悪《わる》いけど……。ふたりとももう雨《あめ》があがっているよ」

あとからやってきた和月《わつき》さんと翼《つばさ》さんがあきれたように立《た》っている。

和月《わつき》さんの言葉《ことば》を聞《き》いて上《うえ》を見上《みあ》げると――。

「キレイ……」

鈍色《にびいろ》だった空《そら》には光《ひかり》がさし、大《おお》きな虹《にじ》がかかっていた。

「いたっ」

「感動《かんどう》してるヒマがあったら、とっとと拾《ひろ》ってこい！」

ゲンコツが飛《と》んできて、私《わたし》はキッとレンさんをにらみつける。

「だから、イ・ヤ・です！」

バチバチバチ。

「あははははっ」

私《わたし》とレンさんのやりとりを見《み》ていた和月《わつき》さんが笑《わら》いだす。

「ナイスチームワークだね」

「「**ど・こ・が（ですかっ）？**」」

「ほら、息《いき》がピッタリだ」

「「**ぜんぜんあってない（です！）**」」

レンさんと私《わたし》の言葉《ことば》がシンクロしてしまい、気《き》まずい空気《くうき》が流《なが》れる。

「わかりました。じゃんけんしましょう」

「じゃんけん？」

聞《き》きかえしてきたレンさんに向《む》かい、私《わたし》はクワッと目《め》を見開《みひら》き、気合《きあ》いをためる。

「最初《さいしょ》はグー！　じゃんけんパー！」

つられてレンさんがグーをだす。

「ふふふ。レンさんの負《ま》けですよ。さあ従順《じゅうじゅん》な忠犬《ちゅうけん》のように尻尾《しっぽ》をふってひろってきてくださ い」

「オ・マ・エ。言《い》い方《かた》が本《ほん》っつ当《とう》にムカつくな！　この俺様《おれさま》がじゃんけんに付《つ》き合《あ》ってやったんだぞ。ありがたいと思《おも》え！」

私《わたし》はハアッと大仰《おおぎょう》にため息《いき》をつく。

「レンさん。負《ま》けたのに言《い》いわけですか？　見苦《みぐる》しいですね」

「ちょっと待《ま》てえええええええっ」

レンさんと私《わたし》の戦《たたか》いの第《だい》2ラウンドの火《ひ》ぶたがきられる。

「──あのふたり。仲《なか》いいよね。なにげなく」

「うん。レンがあんな風《ふう》に話《はな》すところ、一度《いちど》も見《み》たことないもんなぁ」

和月《わつき》さんと翼《つばさ》さんのつぶやきは聞《き》こえない。

しばらくののしりあいがつづくのだった。

32 女子《じょし》トーク

「まつりの男嫌《おとこぎら》いってさ。実際《じっさい》のところ、どんな感《かん》じなの？」

四《よ》ツ葉《ば》学園《がくえん》第《だい》一棟《とう》のカフェテリア。

お昼休《ひるやす》みは必《かなら》ず教室《きょうしつ》にやってくる千夏《ちなつ》さんと、お昼《ひる》をごいっしょさせていただいております。

見目麗《みめうるわ》しい千夏《ちなつ》さんとのランチの時間《じかん》は、むさ苦《くる》しい3人《にん》といっしょにいなければいけない私《わたし》にとって、至福《しふく》の時間《じかん》なのです。（ポッ）

「そうですね。この世界《せかい》には女子《じょし》だけ存在《そんざい》すればいいのにと思《おも》ってます」

「うわっ、極端《きょくたん》ッ！」

私《わたし》の発言《はつげん》に千夏《ちなつ》さんがどん引《び》きする。

「まぁ。だからアンタがあの3人《にん》のマネージャーなんだろうな。なるほど。行《い》き当《あ》たりばったりに見《み》えて、この学校《がっこう》もいちおういろいろ考《かんが》えてるんだわ」

納得《なっとく》したようにうなずきながら、千夏《ちなつ》さんはストローをくるくるともてあそぶ。

「おじいちゃんは平気《へいき》ですよ。あと動物《どうぶつ》も……メスのほうが好《す》きですが、オスも許容範囲《きょようはんい》です」

「じゃあ。校長先生《こうちょうせんせい》は？」

千夏《ちなつ》さんの問《と》いかけに私《わたし》は腕組《うでぐ》みする。

「校長先生《こうちょうせんせい》……。やっぱり気持《きも》ち悪《わる》いですね」

「日本一《にほんいち》のイケメンに選《えら》ばれつづけた男《おとこ》によく言《い》えるわね〜」

あきれたようにつぶやくと、千夏《ちなつ》さんはジャスミン茶《ちゃ》を一口《ひとくち》飲《の》む。

「ただ最近《さいきん》。あの3人《にん》と話《はなし》をすることは、少《すこ》し大丈夫《だいじょうぶ》になってきました」

「あの3人《にん》？」

「レンさん、翼《つばさ》さん、和月《わつき》さんです。3人《にん》ともあまりにも幼稚《ようち》なので、園児《えんじ》だと思《おも》えば会話《かいわ》くらいはできそうです」

「園児《えんじ》って……。ファンと本人《ほんにん》に聞《き》かれたら八《や》つ裂《ざ》きにされるわよ……」

あきれたようにため息《いき》をつく千夏《ちなつ》さんに向《む》かい、私《わたし》は両手《りょうて》で口《くち》をふさぐ。

「はっ。校長先生《こうちょうせんせい》にも指摘《してき》されましたので、気《き》をつけないと……」

八《や》つ裂《ざ》き、怖《こわ》い！

ぐっとこぶしをにぎりしめ決意《けつい》すると、千夏《ちなつ》さんがニヤリと笑《わら》う。

「でもさ。そんなこと言《い》って抱《だ》きしめられちゃったら、コロッと好《す》きになっちゃったりするんじゃない。アンタみたいに男《おとこ》に免疫《めんえき》がないタイプはとくにさ」

ニヤニヤと肘《ひじ》でつついてくる千夏《ちなつ》さんに笑顔《えがお》を向《む》ける。

「コロッとなりませんでしたよ？　一度《いちど》レンさんが気持《きも》ち悪《わる》くて吐《は》きましたから」

「！」

千夏《ちなつ》さんは真《ま》っ青《さお》になりながら、キョロキョロとあたりを見回《みまわ》す。

私《わたし》たちの会話《かいわ》をだれも聞《き》いていないことを確認《かくにん》し、ホッと一息《ひといき》ついた。

「――いまのは聞《き》かなかったことにする。それよりそれより、なにかおもしろい話《はなし》ないの？」

千夏《ちなつ》さんは「どうせないだろうけど」と投《な》げやりな態度《たいど》で聞《き》いてくる。

「おもしろい話《はなし》……。そうですね。**和月《わつき》さんに男《おとこ》の恋人《こいびと》がいるとか？**」

「**その話《はなし》、くわしく聞《き》かせてえええええええええええっ！**」

千夏《ちなつ》さんの食《く》いつきっぷりがすごくて、今度《こんど》は私《わたし》がどん引《び》きしつつも、楽《たの》しい時間《じかん》を過《す》ごしたのでした。

33 迷《めい》プロデューサー誕生《たんじょう》！

四《よ》ツ葉《ば》学園《がくえん》。黒猫館《くろねこかん》４０２号室《ごうしつ》。

私《わたし》から大事《だいじ》な話《はなし》があると３人《にん》にお願《ねが》いし、リビングに集《あつ》まってもらったのだ。

「ＹＯＵ《ユー》たち！　おはよう！」

「「「………」」」

サングラス越《ご》しからも、あっけにとられたように口《くち》をあける３人《にん》が見《み》てとれる。

「ま……まつりちゃん……どうしたの？」

笑《わら》いをかみ殺《ころ》しながらたずねてくる和月《わつき》さんの横《よこ》で、翼《つばさ》さんがオロオロする。

「ポチ子《こ》は、具合悪《ぐあいわる》い？　いつもとはちがう意味《いみ》でヘンだよ」

レンさんは関係《かんけい》ないというように、台本《だいほん》を読《よ》んでいる。

「私《わたし》はいたってふつうだＹＯ《ヨ》！　ＨＥＹ《ヘイ》！　ＹＯＵ《ユー》たち！　ＹＯＵ《ユー》たちが優勝《ゆうしょう》するには――。ダンス！　ダンスしかありません！」

バーンと指《ゆび》をさし、宣言《せんげん》するとしばしの沈黙《ちんもく》がおとずれる。

「オマエ……頭《あたま》おかしくなったか？」

「いいえ。どちらかと言《い》うと、ひらめきまくって絶好調《ぜっこうちょう》です！」

私《わたし》は３人《にん》をゆっくりと見《み》つめ、話《はな》しだす。

「昨日《きのう》。ジョニー先生《せんせい》にご指南《しなん》いただきました。優勝《ゆうしょう》には『ダンス』がすべてだと」

「オマエ！　いつのまにそんな……」

「ふっ。アイドルオタクをなめないでください。調《しら》べようと思《おも》えば、出没《しゅつぼつ》しそうな場所《ばしょ》を特定《とくてい》することなど造作《ぞうさ》もないことです」

「……こわっ」

ブルッと和月《わつき》さんがふるえる。

「とにかく。優勝《ゆうしょう》するにはダンスを極《きわ》めるしかありません」

「ダンスはもちろんレッスンでやってるけど……ぶっちゃけ俺《おれ》らうまいほうだよ？」

「でもぜんぜんダメなんです」

私《わたし》の言葉《ことば》に、全員《ぜんいん》がピキッとなる。

「このふたりはともかく俺《おれ》までいっしょにするな」

レンさんのおうちは能《のう》の宗家《そうけ》で、クラシックバレエからモダンバレエまでなんでもおどれるんだっけ。

「レンさんも足《た》りないって言《い》ってました」

「だれが？」

「ジョニーさんが」

「「「！」」」

「なんだって……」

私《わたし》は、あのとき言《い》われた言葉《ことば》をメンバーに伝《つた》えた。

「ダンスは心技体《しんぎたい》。スター性《せい》。変幻自在《へんげんじざい》。礼節《れいせつ》。ストーリー。そしてもっとも大事《だいじ》なもの……か」

翼《つばさ》さんがひとりごとのようにつぶやく。

「私《わたし》……一生懸命考《いっしょうけんめいかんが》えたんです。それは『チームワーク』なんじゃないかって」

その言葉《ことば》を聞《き》いた3人《にん》がおどろいたように顔《かお》をあげる。

「3人《にん》がばらばらに出《で》るんじゃなくって、グループで出場《しゅつじょう》しませんか？　みなさんが勝《か》つ道《みち》はそれしかないと思《おも》います！　私《わたし》は3人《にん》がいっしょにおどるすがたを見《み》たいです！」

いっきに言《い》いきり3人《にん》を見《み》るが、だれも口《くち》を開《ひら》かない。

しばらくの間《あいだ》、長《なが》い長《なが》い沈黙《ちんもく》が訪《おとず》れた。

「まつりちゃん。ごめん。それはムリ」

和月《わつき》さんの言葉《ことば》につづくように、レンさんと翼《つばさ》さんがうなずきながら口《くち》を開《ひら》く。

「俺《おれ》もパス」

「ポチ子《こ》。僕《ぼく》もムリ」

「どうして……ですか」

完膚《かんぷ》なきまでに否定《ひてい》され、私《わたし》の声《こえ》は小《ちい》さくふるえる。

「俺《おれ》が『ドリームシップ』からデビューしたいのは、将来的《しょうらいてき》にもっと司会《しかい》の仕事《しごと》がしたいからなんだ」

和月《わつき》さんの告白《こくはく》につづくように、翼《つばさ》さんも口《くち》を開《ひら》く。

「ポチ子《こ》。僕《ぼく》は芝居《しばい》がしたい。正直《しょうじき》、芝居以外《しばいいがい》に時間《じかん》を使《つか》いたくない」

「レンさんも……そうなんですか？」

「俺《おれ》は——まだなにも決《き》めてない。一番可能性《いちばんかのうせい》が広《ひろ》がりそうなのが『ドリームシップ』だって思《おも》ってる。だからエントリーするんだ」

目標《もくひょう》に向《む》かってまっすぐに進《すす》んでいる3人《にん》にむかって、ほほえんだ。

「和月《わつき》さん。翼《つばさ》さん。レンさん。本当《ほんとう》の気持《きも》ちを話《はな》してくださって、ありがとうございます。みなさんの気持《きも》ちはわかります。だけど、だからこそ——**勝負《しょうぶ》です！**」

私《わたし》はサングラスをはずしてそう言《い》うと、３人《にん》に向《む》かってひとさし指《ゆび》をさした。

「全員《ぜんいん》いっしょに出場《しゅつじょう》することは、勝《か》つために必要《ひつよう》なことだと思《おも》うんです。だから、私《わたし》と勝負《しょうぶ》してください。私《わたし》が勝《か》ったら、みなさんは私《わたし》に絶対服従《ぜったいふくじゅう》。『ワンとなけ』と言《い》われれば、犬《いぬ》のようにワンとなき、『とってこい』と命令《めいれい》されたら、しっぽをふって全力《ぜんりょく》で走《はし》る。いいですね？」

「オマエ……なにそんなうれしそうな顔《かお》してるんだよ……」

レンさんが顔《かお》を引《ひ》きつらせながら頭《あたま》を抱《かか》え、翼《つばさ》さんも和月《わつき》さんもうなずく。

「失礼《しつれい》しました。想像《そうぞう》したら大変《たいへん》ゆかいな気持《きも》ちになってきまして。ふふ。うふふふ」

レンさんがゾッとしたように身体《からだ》をふるわせる。

「俺《おれ》らが勝《か》ったらどうするの？」

「そうですね。『ごめんなさい』ってあやまります」

私《わたし》はペコリと頭《あたま》をさげ、「こんな風《ふう》にやります」と実演《じつえん》してみせた。

「ずるい！　それずるい！」

和月《わつき》さんのツッコミに私《わたし》はツーンと聞《き》こえないフリをする。

すると翼《つばさ》さんも和月《わつき》さんにつづき、顔《かお》をゆがめる。

「そうだよ！　いまやっちゃうくらい軽《かる》いのに、こっちは犬《いぬ》の真似《まね》って」

「——犬《いぬ》の真似《まね》なら翼《つばさ》が適任《てきにん》なんじゃないか」

「レン。なんか言《い》ったか？」

翼《つばさ》さんは殺気《さっき》のこもった視線《しせん》をレンさんに投《な》げかける。

「犬《いぬ》の真似《まね》。得意《とくい》だろ。翼《つばさ》」

「得意《とくい》っていうか、そのまんま犬《いぬ》？」

和月《わつき》さんまでポツリと言《い》うと、翼《つばさ》さん眉間《みけん》のしわが深《ふか》くなる。

わわっ。この3人《にん》、またケンカをはじめてしまいました！

事態《じたい》の収拾《しゅうしゅう》がつかなくなるまえに、私《わたし》は手《て》を

あげ宣言《せんげん》した。

「ケンカはしない！　勝負《しょうぶ》は――『**にらめっこ**』です！」

「「「にら……めっこ……？」」」

私《わたし》はニッコリ「はい」とうなずく。

「みなさんのうちだれかが笑《わら》ったら負《ま》けです」

「にらめっこって……なんて幼稚《ようち》な勝負《しょうぶ》なんだ」

翼《つばさ》さんの言葉《ことば》に、私《わたし》はニヤリと笑《わら》う。

「ふふふ。イケメンと言《い》われる3人《にん》に人《ひと》には絶対《ぜったい》に見《み》せられないような恥《は》ずかしい顔《かお》、できますか？　楽《たの》しみですねぇ。ふふ。うふふふ」

「「「……」」」

「……まつりちゃんって、けっこう黒《くろ》くない？」

「僕《ぼく》もそう思《おも》う……」

和月《わつき》さんと翼《つばさ》さんのつぶやきに、はあっとレンさんは大仰《おおぎょう》なため息《いき》をつく。

「――和月《わつき》、いまさら気《き》づいたのかよ」

かくして『にらめっこ』勝負《しょうぶ》の火《ひ》ぶたがきられるのだった。

34 にらめっこ対決《たいけつ》

ここは四《よ》ツ葉《ば》学園《がくえん》・黒猫館《くろねこかん》４０２号室《ごうしつ》。

広々《ひろびろ》としたリビングでは、一世一代《いっせいちだい》の大勝負《おおしょうぶ》がくりひろげられるところだ。

にらめっこ勝負《しょうぶ》の第《だい》一回戦《かいせん》は翼《つばさ》さんだ。

私《わたし》と翼《つばさ》さんは正座《せいざ》をし、まっすぐに向《む》きあう。

「いきますよー！　にらめっこしましょ、笑《わら》うと負《ま》けよ、アップップ！」

「――**ぶっ。ぶはははははっ！**」

両手《りょうて》を使《つか》いおもいきり顔《かお》をひっぱったりつぶしたりしてみせると、翼《つばさ》さんはたまらずに笑《わら》う。

「すげー……。ふつうの女《おんな》の子《こ》はさ。男子《だんし》の前《まえ》で絶対《ぜったい》にあんな顔《かお》しないよな」

「ふつうじゃないんだろ……アイツは」

ふふふっ。私《わたし》、にらめっこには自信《じしん》があるんです。

「次《つぎ》ッ！　和月《わつき》さん。勝負《しょうぶ》です！」

「――いや。俺《おれ》はパス。もう負《ま》けでいいかなー……って」

顔《かお》を引《ひ》きつらせながら、和月《わつき》さんが不戦敗《ふせんぱい》を告《つ》げる。

「いいんですか？」

和月《わつき》さんはツボに入《はい》ったのか、肩《かた》をふるわせながらウンウンとうなずいた。

「まぁ。次《つぎ》でレンが勝《か》ってくれるだろうし」

「レンの変顔《へんがお》！　和月《わつき》！　写真《しゃしん》！　写真撮《しゃしんと》れ！」

「ＯＫ《オーケー》！　翼《つばさ》、ナイスアイディア！」

翼《つばさ》さんのかけ声《ごえ》に、和月《わつき》さんはパチンと指《ゆび》を鳴《な》らしスマホを取《と》りだす。

「……お・ま・え・ら・な……どっちの味方《みかた》なんだ！」

「さあさあ。レンさん、勝負《しょうぶ》です！」

「――やめた。『にらめっこ』なんて無意味《むいみ》だ。俺《おれ》たちはな。やりたいことだけやっていきたいんだよ。だからオマエと勝負《しょうぶ》する必要《ひつよう》もない」

レンさんはそう言《い》うと立《た》ちあがり、リビングから出《で》ていこうとする。

「ま。レンの言《い》うとおりだよ」

「ポチ子《こ》、ごめんね。楽《たの》しかったよ。またやろう」

立《た》ちあがる3人《にん》の背中《せなか》に向《む》かい、私《わたし》は無我夢中《むがむちゅう》でポケットに入《はい》っていたレシートをまるめて投《な》げつけた。

「やりたいことだけやっていきたい？　なに甘《あま》ったれたこと言《い》ってるんですか！」

3人《にん》に向《む》かって一喝《いっかつ》すると、その表情《ひょうじょう》がこわばる。

「私《わたし》だって女子《じょし》アイドルのマネージャーをしたいのにっ。イヤでたまらないのにみなさんの担当《たんとう》をしてるんですよ！」

「「「**そ・こ・か・よ！**」」」

あきれる3人《にん》を無視《むし》し、私《わたし》はさらに言葉《ことば》をつづけた。

「……だからっ！　私《わたし》もみなさんと同《おな》じなんです。好《す》きなことしかしたくありませんでした」

はじめて見《み》たコンサートがすごくステキで。

ステージでキラキラかがやく女《おんな》の子《こ》たちがかわいくて。

彼女《かのじょ》たちをかがやかせるお手伝《てつだ》いが、早《はや》くできるようになりたい。

再会《さいかい》を約束《やくそく》した『あの子《こ》』に会《あ》いたい。

そう思《おも》っていた。それでも……。

私《わたし》はぐいっと顔《かお》を持《も》ちあげ、毅然《きぜん》と立《た》つ。

「でもいま、みなさんのマネージャーをして、よかったと……少《すこ》しだけ思《おも》っています」

「ポチ子《こ》……」

「まつりちゃん……」

「……」

私《わたし》の告白《こくはく》が意外《いがい》だったのか、３人《にん》がだまってこちらを見《み》つめる。

やってみてわかることもあった。

３人《にん》のマネージャーをしたことは、きっと私《わたし》の財産《ざいさん》になっている。

だから３人《にん》にも『やりたくない』ことにも挑戦《ちょうせん》してほしい。

その想《おも》いを伝《つた》えたい――こぶしをにぎりしめると、私《わたし》は背筋《せすじ》をのばした。

「期間限定《きかんげんてい》でもみなさんのマネージャーは私《わたし》です。私《わたし》がマネージャーをしている以上《いじょう》、絶対《ぜったい》にデビューしてほしいです！」

「――ぶっ。あはははは。ばーか」

レンさんが声《こえ》をあげて笑《わら》いだす。

「ちょっと！　なんで笑《わら》うんですか!?　しかもバカって！　私《わたし》、いますごくいいこと言《い》ったと思《おも》うんですけど！」

「ポチ子《こ》。いいことって……自分《じぶん》で言《い》っちゃおしまいでしょ。ぷぷ……ぷぷぷ」

つづいて翼《つばさ》さんが笑《わら》いだすと、和月《わつき》さんも笑《わら》いだす。

「まつりちゃんって本当《ほんとう》におもしろいよね」

和月《わつき》さんの言葉《ことば》に、レンさんが笑《わら》いながらうなずく。

「もう笑《わら》わないでくださ――――い！」

3人《にん》に向《む》かって私《わたし》は絶叫《ぜっきょう》した。

「――でもさ。僕《ぼく》、ポチ子《こ》に怒《おこ》られてちょっとキュンとしちゃった」

「実《じつ》は俺《おれ》も……」

翼《つばさ》さんの言葉《ことば》に和月《わつき》さんも楽《たの》しげに告《つ》げると、和月《わつき》さんはレンさんを肘《ひじ》でつつく。

「レンも……そうでしょ？　だから笑《わら》ってあげたんでしょ」

「勝手《かって》な想像《そうぞう》するな」

和月《わつき》さんは「レンは奥《おく》ゆかしいなぁ」と言《い》うと、手《て》をあげる。

「『にらめっこ』勝負《しょうぶ》は、まつりちゃんの勝《か》ち」

「え？……本当《ほんとう》ですか？」

もう勝負《しょうぶ》は終《お》わったと思《おも》っていたので、ぼうぜんと3人《にん》を見《み》る。

すると翼《つばさ》さんも笑顔《えがお》でうなずいた。

「そのかわり、絶対《ぜったい》に優勝《ゆうしょう》させてくれよ」

「はいっ！　ありがとうございます！　がんばります！　それから3人《にん》にお伝《つた》えしておきたいことがもうひとつあります」

「もうひとつ？」

私《わたし》はキリッと3人《にん》にむかって笑顔《えがお》で告《つ》げる。

「なんだか私《わたし》が3人《にん》のことをとても大切《たいせつ》だと思《おも》っているとかんちがいされたかも知《し》れませんが、ちがいますからね。気持《きも》ち悪《わる》いと思《おも》ってますから。どうかかんちがいしないでくださいねっ！」

「「「……**いまの——却下《きゃっか》あああああっ**」」」

3人《にん》の怒号《どごう》に、私《わたし》はあわてて耳《みみ》をふさぐのでした。

35 レッスン開始《かいし》

「ヘイBOY《ボーイ》たち！　きちんと整列《せいれつ》しちゃってYO《ヨ》！」

ここは四《よ》ツ葉学園黒猫館《ばがくえんくろねこかん》。

402号室《ごうしつ》の中《なか》に作《つく》られているダンススタジオだ。

ダンスをおどるためにラフなT《ティー》シャツすがたでスタンバイしていた3人《にん》の顔《かお》がどっと青《あお》ざめる。

「……なんか絶対《ぜったい》に、がんばる方向《ほうこう》をまちがえたような気《き》がするんだけど」

「翼《つばさ》も？　実《じつ》は俺《おれ》もまちがえたかなーって」

「翼《つばさ》。和月《わつき》。おまえら責任《せきにん》とれよ」

「はあ？　自分《じぶん》は関係《かんけい》ないとでも言《い》いたいわけ？　責任《せきにん》とれない男《おとこ》ってカッコ悪《わる》いよなぁ」

「……翼《つばさ》。なにかいったか」

「シャラーップ！　BOY《ボーイ》たち！　なにおしゃべりしてるのYO《ヨ》！　おどっちゃいなYO《ヨ》！　バク転《てん》しちゃいなYO《ヨ》！　ヘイヘイヘーイ♪」

節《ふし》をつけた私《わたし》の台詞《せりふ》とタンバリンをたたきながらの動《うご》きが、どうやらメンバーを刺激《しげき》したらしい。

「「「……」」」

３人《にん》はあきれ顔《がお》から怒《いか》り顔《がお》に変化《へんか》する。

危険《きけん》です！　なにか３人《にん》の心《こころ》に残《のこ》るよい言葉《ことば》を言《い》わなければ！

「はいっ！　いま３人《にん》の心《こころ》がひとつになりましたね。私《わたし》が伝《つた》えたかったのはコレです！　お三《さん》方《かた》、いまの気持《きも》ち、忘《わす》れないでくださいね——**痛《いた》ああああい！**」

「ほおおおお。てきとうな思《おも》いつきにしては、もっともそうなこと言《い》うじゃないか」

　レンさんにギリギリとこめかみをゲンコツで押《お》され、私《わたし》は悲鳴《ひめい》をあげる。

「てきとうなんかじゃありません！　天啓《てんけい》を待《ま》っているんです！」

「天啓《てんけい》？」

「はいっ。こうしてジョニーさんになりきっていると、ジョニーさんの気持《きも》ちが手《て》にとるように見《み》えてくる——はずなんです。さあBOY《ボーイ》たち、位置《いち》について」

「……ポチ子《こ》。残念《ざんねん》だけど全部妄想《ぜんぶもうそう》だから」

「シャラーップ！　練習《れんしゅう》しますよー！」

記念《きねん》すべき3人《にん》いっしょのはじめての練習《れんしゅう》がスタートした。

——それから10分後《ぷんご》。

「だ・か・ら。どうしてできないんだよ。下手《へた》くそはやめろ！」

いらだたしげなレンさんの言葉《ことば》に、翼《つばさ》さんが激高《げっこう》する。

「だれもがオマエみたいにおどれると思《おも》うなよ！」

「……ちょっとだまれよ。ふりつけおぼえられないだろ！」

「うーん。なんだかここ、メチャクチャ空気悪《くうきわる》いですね。本当《ほんとう》に3人《にん》でいっしょにやるつもりですか？」

「「**オマエが言《い》い出《だ》したことだろうが！**」」

3人《にん》のツッコミに、私《わたし》はヒッと身体《からだ》をまるめる。

今度《こんど》のオーディションもかねたコンサートに、晴《は》れて3人《にん》いっしょに参加《さんか》することになったのですが……。

ののしりあう3人《にん》を見《み》ていると、最悪《さいあく》の結果《けっか》しか思《おも》いうかびません。

ダンスよりもなによりも、この3人《にん》に必要《ひつよう》なのは——。

「チームワーク。いま、みなさんにもっとも足《た》りないのはチームワークですよ！」

「「「**だから。はじめからないし、持《も》つ気《き》もないと言《い》っとるだろうがあああっ！**」」」

ひーっ。いつも思《おも》うのですが、3人《にん》が私《わたし》を怒《おこ》るときは、なんだか心《こころ》がひとつになっているような気《き》がするんですが……。

そうか！

名案《めいあん》を思《おも》いつき、私《わたし》はニッコリとほほえむのでした。

36 つながりはじめた絆《きずな》たち

黒猫館《くろねこかん》。４０２号室《ごうしつ》。

コンサートまであと3日《か》となり、３人《にん》の顔《かお》にも緊張《きんちょう》が走《はし》る。

しかしダンスは、３人《にん》の心《こころ》のようにまだまだバラバラのままだ。

「はいっ。では今日《きょう》のレッスンはここまでです。そして今日《きょう》からみなさんに実施《じっし》していただきたい恥《は》ずかしいプレイがあります」

「恥《は》ずかしいプレイって……」

翼《つばさ》さんは顔《かお》を赤《あか》らめ、和月《わつき》さんはクツクツと笑《わら》う。

「まつりちゃん、大胆《だいたん》だね」

「レッスンが終《お》わったら、ほかのふたりを必《かなら》ずほめてください」

「ほめるところがない場合《ばあい》はどうすればいいんだよ」

「それは僕《ぼく》のことを言《い》ってるのか？」

「ほかにいるわけないだろ！」

「ケンカはやめてください！　ほめるところが見《み》つからなければ、見《み》つかるまでレッスンは終《お》わりません。いいですか、どんなことでもいいんです。必《かなら》ずひとりにひとつですよ！」

「まつりちゃんは俺《おれ》らのこと、ほめられるわけ？」

「もちろんです！」

私《わたし》は胸《むね》をはり、大《おお》きくうなずく。

「ほおおお。じゃあほめてみろよ」

「みなさんのよいところは平均《へいきん》よりルックスがよいこと。以上《いじょう》です！」

「……ほかには」

「聞《き》こえませんでしたか？　以上《いじょう》ですっ」

「「「……」」」

どんよりとするメンバーに向《む》かい、私《わたし》はキョトンとする。

「……俺《おれ》。まつりちゃんよりは、まともなこと言《い》えそうだわ」

「「……同感《どうかん》」」

和月《わつき》さんのこぼした言葉《ことば》に、翼《つばさ》さんとレンさんが大《おお》きくうなずくのでした。

「では。レンさん、お願《ねが》いします！」

「――パス」

レンさんは面倒《めんどう》くさそうに顔《かお》をそらす。

「パスは認《みと》めません」

「オマエに指図《さしず》される筋合《すじあ》いはない」

「忘《わす》れましたか？　勝負《しょうぶ》に負《ま》けたみなさんは、忠犬《ちゅうけん》のように私《わたし》の言《い》うことを聞《き》く。約束《やくそく》したはずです」

「そんな約束守《やくそくまも》る必要《ひつよう》ないだろ」

いらだたしげにはきすてるレンさんに向《む》かい、私《わたし》は静《しず》かな口調《くちょう》で語《かた》りかける。

「レンさん。――逃《に》げないでください」

その言葉《ことば》にレンさんはドカッと腰《こし》をおろし、はあっと大《おお》きなため息《いき》をつく。

「小笠原和月《おがさわらわつき》。和月《わつき》は仕事入《しごとい》れすぎ。おぼえが悪《わる》い。そもそも練習《れんしゅう》する気《き》あんの？」

「――あ？」

和月《わつき》さんが声《こえ》をとがらせ、眉間《みけん》にしわをよせる。

「――ただ。責任感《せきにんかん》が強《つよ》くてたよりがいがある。和月《わつき》がいないと、すぐにバラバラになってた。

和月《わつき》は——すごいと思《おも》う」

「あれ？　和月《わつき》さん」

「わっ。タンマ。こっち見《み》ないで」

和月《わつき》さんは真《ま》っ赤《か》になって、顔《かお》を片手《かたて》で隠《かく》す。

「次《つぎ》は翼《つばさ》さんです」

「翼《つばさ》はそもそも運動神経《うんどうしんけい》が悪《わる》くて、ダンスをなめてるのが目《め》に見《み》えてイラつく。惰性《だせい》でやるならやめてほしい」

「……言《い》いたいことはそれだけかよ」

翼《つばさ》さんは、肩《かた》をふるわせながら、レンさんをにらみつける。

「ただ。本気《ほんき》で集中《しゅうちゅう》したときの翼《つばさ》の吸収力《きゅうしゅうりょく》はすごい。本当《ほんとう》だったら何ヶ月《なんげつ》もかかるようなことを、一瞬《いっしゅん》でやってのけたりしてムカつくけど、そこだけはすごいと思《おも》う」

「レン……」

翼《つばさ》さんがおどろいたような顔《かお》でレンさんを見《み》つめる。

「ただし。俺《おれ》は翼《つばさ》が大嫌《だいきら》いだけどな」

「そっくりそのまま、返《かえ》してやるよ！」

「わーっ。せっかくいい感《かん》じだったのに！　ケンカはやめてくださいー！」

でも3人《にん》の空気《くうき》がやわらかくなっている。

その後《ご》もレッスンのあとには必《かなら》ず反省会《はんせいかい》の最後《さいご》にお互《たが》いのよい点《てん》を話《はな》しあった。

3人《にん》のおどりの動《うご》きと同《おな》じように、心《こころ》が重《かさ》なっていくのがわかった。

「それでは。明日《あす》はがんばってくださいね！」

明日《あす》はいよいよオーディションをかねたコンサート当日《とうじつ》。

そして――。

真剣《しんけん》にレッスンをつづけている3人《にん》の顔《かお》を盗《ぬす》みみる。

それは、すなわち――。

私《わたし》が3人《にん》のマネージャーを終《お》える日《ひ》でもあった。

37 コンサート当日《とうじつ》

「すごい。こんなに広《ひろ》い会場《かいじょう》でやるんですか？」

私《わたし》はステージをグルリとかこむ客席《きゃくせき》を見《み》つめ、思《おも》わずつぶやく。

「今回《こんかい》は次《つぎ》の『ドリームシップ』のデビューアイドルが決《き》まるからね。マスコミもたくさん来《き》てる」

関係者席《かんけいしゃせき》をぎっしり埋《う》めるマスコミの数《かず》に、世間《せけん》の関心度《かんしんど》の高《たか》さが垣間見《かいまみ》える。

「……みなさん。練習《れんしゅう》では一度《いちど》だって完璧《かんぺき》じゃなかったのに。本当《ほんとう》に大丈夫《だいじょうぶ》なんですか？」

「そーゆー不安《ふあん》にさせるようなことをいまさら言《い》うなよ。いまさら」

「そういえばまつりちゃん、その腕章《わんしょう》はなに？」

「はいっ。私《わたし》たちは勉強《べんきょう》がてら、お客《きゃく》さんの整理《せいり》と、会場《かいじょう》の警備《けいび》も手伝《てつだ》うことになってまして。お付《つ》き添《そ》いできるのはここまでです」

そう告《つ》げると、３人《にん》はおどろいたような顔《かお》をする。

「短《みじか》い間《あいだ》でしたが、本当《ほんとう》にお世話《せわ》させていただきました。３人《にん》が力《ちから》をあわせれば必《かなら》ず、優勝《ゆうしょう》できると思《おも》います。がんばってください」

「……なんか超他人行儀《ちょうたにんぎょうぎ》なんだけど」

翼《つばさ》さんがすねたように唇《くちびる》をとがらせる。

「え？　そうですか？　私《わたし》もともと他人《たにん》ですし」

「いやいやっ。他人《たにん》じゃないでしょ。マネージャーなんだから！」

和月《わつき》さんの言葉《ことば》に、私《わたし》はポンと手《て》を打《う》った。

「そうですね。あと４時間《じかん》は他人《たにん》じゃないですね」

「……ポチ子《こ》。さみしいこと言《い》うなよ」

翼《つばさ》さんが情《なさ》けない声《こえ》を出《だ》す。

「俺《おれ》ら、だいぶオマエの言《い》うこと聞《き》いてやったよな。だから――もし優勝《ゆうしょう》できたら、ひとつ言《い》うことを聞《き》け」

「……」

「ポチ子《こ》。そこまで嫌《いや》そうな顔《かお》をしなくても……」

「だって絶対《ぜったい》にいやなこと言《い》うに決《き》まってるんじゃ……」

モニターをジッと見《み》つめる3人《にん》のすがたに、私《わたし》はふうっとため息《いき》をついた。

「わかりました。それからみなさん。手《て》を出《だ》してください」

「――これは？」

「お守《まも》りです」

言《い》われたままに3人《にん》は手《て》のひらを上《うえ》に広《ひろ》げる。

「小笠原和月《おがさわらわつき》さん。だれよりもお客《きゃく》さんをよろこばすことの好《す》きな和月《わつき》さんですから、最高《さいこう》のステージを作《つく》ってきてください」

「まつりちゃん。……ありがとう」

和月《わつき》さんがギュッとお守《まも》りを手《て》のひらの中《なか》でにぎりしめる。

次《つぎ》は翼《つばさ》さんの前《まえ》にたち、手《て》の中《なか》にお守《まも》りをにぎらせた。

「翼《つばさ》さん。翼《つばさ》さんが夜中《よなか》や昼休《ひるやす》み、こっそり練習《れんしゅう》していたのを知《し》っています。どんどん上達《じょうたつ》していく翼《つばさ》さんのおどりに、感動《かんどう》しました。ぜひその感動《かんどう》を会場《かいじょう》にいるファンに届《とど》けてください」

「ポチ子《こ》。サンキュー…僕《ぼく》、がんばってくる」

翼《つばさ》さんの瞳《ひとみ》は強《つよ》い決意《けつい》でかがやいていた。

「そしてレンさん。はじめてレンさんのおどりを見《み》たとき、美《うつく》しくて鳥肌《とりはだ》が立《た》ちました。同時《どうじ》に

とてもさみしいダンスだと思《おも》いました。でもいまのレンさんのおどりはちがいます。いままでとはちがったレンさんのおどり、楽《たの》しみに待《ま》っています。今日《きょう》だけは——ファンのことだけを考《かんが》えてください」

レンさんは私《わたし》が手《て》わたしたお守《まも》りをジッと見《み》つめる。

「これオマエが作《つく》ったのかよ」

「はい。昨日《きのう》夜《よ》なべして作《つく》りました」

3人《にん》の手《て》には、フェルトで作《つく》った3人《にん》のマスコットがのっている。

「どうりでぶさいくなわけだ」

「なっ！　ヒドイです！　人《ひと》がせっかく――わっ」

レンさんが私《わたし》の頭《あたま》を自分《じぶん》の胸《むね》にすっと押《お》しつける。

「――**これから本番《ほんばん》だ。吐《は》くなよ**」

「！」

抗議《こうぎ》をこめて見上《みあ》げたレンさんの顔《かお》が笑顔《えがお》で、私《わたし》はおどろく。

和月《わつき》さんと翼《つばさ》さんも抱《だ》きつく。

それは――いままでみた中《なか》で一番《いちばん》きれいで屈託《くったく》のないものだったから。

「――さあ。行《い》ってきてください！」

3人《にん》の背中《せなか》を押《お》し、ステージへと送《おく》りだす。

コンサートのはじまりだ。

38 アクシデント

「エントリーナンバー105番《ばん》！」

アナウンスとともに、今日一番《きょういちばん》の黄色《きいろ》い悲鳴《ひめい》があがる。

3人《にん》がステージにあがると、バッとライトがつく。

客席《きゃくせき》には満天《まんてん》の星《ほし》のようなペンライトの光《ひかり》。


あのとき。

2年前《ねんまえ》にはじめて見《み》たコンサートのようで、私《わたし》の腕《うで》には鳥肌《とりはだ》が立《た》つ。

一糸乱《いっしみだ》れずおどりはじめた3人《にん》を見《み》つめ、

「うそっ。レン様《さま》と翼様《つばささま》って犬猿《けんえん》の仲《なか》なのに！　どうしていっしょのステージに立《た》ってるの⁉」

「それを言《い》ったら和月様《わつきさま》よ！　和月様《わつきさま》は、おどったり歌《うた》ったりなんてしないと思《おも》ってた！」

女《おんな》の子《こ》たちが興奮《こうふん》しながら、彼《かれ》らに向《む》かって手《て》をふりあげていた。

すごい。3人《にん》の動《うご》きは緩急《かんきゅう》をつけながら、会場《かいじょう》をとりこにする。

歌《うた》とおどりにみせられてあっという間《ま》にパフォーマンスが終《お》わろうとしたそのとき。

ガターン。

大《おお》きな音《おと》がしたあと、会場《かいじょう》の電気《でんき》がいっせいに消《き》える。

「停電《ていでん》？」

「キャアアアア！」

とつぜんステージやあらゆる場所《ばしょ》の電気《でんき》が消《き》え、悲鳴《ひめい》があがる。

ステージだけでなく客席《きゃくせき》も暗《くら》くなり、不吉《ふきつ》な雰囲気《ふんいき》が会場《かいじょう》を包《つつ》んでいる。

「ちょっと！　ステージから煙《けむり》が出《で》てるっ！」

「火事《かじ》よ！　火事《かじ》よ――――っ！」

パニックになった客席《きゃくせき》からあがった声《こえ》のせいで、さらに客席《きゃくせき》が混乱《こんらん》する。

『機材故障《きざいこしょう》のための停電《ていでん》です。すみやかに席《せき》におもどりください』

「うそよっ！　煙《けむり》が出《で》てたもの！　逃《に》げなきゃ死《し》んじゃう！　みんな逃《に》げよう！　逃《に》げなきゃ！」

「やだっ、死《し》にたくないっ！」

泣《な》きじゃくり金切《かなき》り声《ごえ》をあげるお客《きゃく》さんに向《む》かい、客席《きゃくせき》の整理《せいり》と警備《けいび》をやっていた私《わたし》は、一生《いっしょう》懸命声《けんめいこえ》をはりあげる。

「大丈夫《だいじょうぶ》です。みなさん、おちついてください」

「うるさい！　どきなさいよ！」

「うわっ」

身体《からだ》が横殴《よこなぐ》りの嵐《あらし》にでもあおられたようにぐらりとゆれる。

出口《でぐち》に向《む》かうお客《きゃく》さんがパニックになり、人《ひと》と人《ひと》が押《お》しあいひしめきあう。

私《わたし》はゴムまりのように吹《ふ》きとばされ、目《め》がまわる。

「――まつりっ！」

レンさんがステージからとびおりる。

「――あ」

暗《くら》がりの中《なか》でもしっかり見《み》える。

ステージからとびおりたレンさんのすがたが、あのときの女《おんな》の子《こ》と重《かさ》なり私《わたし》は目《め》を見開《みひら》いた。

「――しっかりしろ！」

「はいっ。私《わたし》よりもここにいるみなさんを！」

「バカ。オマエが心配《しんぱい》なんだ。ファンなんてどうでも――」

バチーン。

私《わたし》はレンさんの頬《ほお》を平手《ひらて》うちする。

「お願《ねが》いですから二度《にど》とそんなこと言《い》わないでください！」

レンさんはぼうぜんと私《わたし》のことを見《み》つめたあと、口《くち》のはしを少《すこ》しだけあげて笑《わら》った。

そしてマイクを持《も》って立《た》ちあがると、レンさんは暗《くら》いステージにもどる。

『レンです。みんな——この会場《かいじょう》は大丈夫《だいじょうぶ》だから。俺《おれ》の言葉《ことば》、信《しん》じて聞《き》いてください』

レンさんの声《こえ》にパニックになっていた人《ひと》たちの動《うご》きがにぶくなる。

『翼《つばさ》です。心配《しんぱい》かけてごめんね。いま機材《きざい》のトラブルだってわかりました。煙《けむり》はステージに設置《せっち》されていたドライアイスだから、火事《かじ》じゃありません。いま、僕《ぼく》たちが信頼《しんらい》しているスタッフさんががんばってるから。みんなまずは席《せき》にもどってくれないかな？』

ゆったりと話《はな》しかける翼《つばさ》さんの声《こえ》に、ひとり、またひとりとお客《きゃく》さんが席《せき》にもどる。

『いまゆっくりみんなに向《む》かって話《はな》せるのも神様《かみさま》がくれたごほうび……な一んて思《おも》ってるって言《い》ったら怒《おこ》る？　でもさ。絶対一生《ぜったいいっしょう》の思《おも》い出《で》になるなって思《おも》うんだ』

和月《わつき》さんの言葉《ことば》に、「私《わたし》も絶対《ぜったい》に忘《わす》れない！」と客席《きゃくせき》から声《こえ》があがる。

『せっかくだから、最後《さいご》まで歌《うた》っていいかな』

3人《にん》がアカペラで歌《うた》いだすと、さっきまでの騒動《そうどう》がウソのように会場《かいじょう》がしずまりかえる。

「♪君《きみ》はひとりじゃない。僕《ぼく》がそばにいるから。悲《かな》しいときは名前《なまえ》を呼《よ》んで。いつだって。どこにいたって光《ひかり》の速《はや》さでかけていくよ。君《きみ》のもとへ♪」

『いっしょに歌《うた》おう！　♪悲《かな》しいときは名前《なまえ》を呼《よ》んで。いつだって。どこにいたって光《ひかり》の速《はや》さでかけていくよ。君《きみ》のもとへ♪』

そのうちファンがひとり、またひとりと歌《うた》いはじめ、大合唱《だいがっしょう》になった。

その瞬間《しゅんかん》、まるで奇跡《きせき》のようなタイミングで会場《かいじょう》の電気《でんき》がつき、銀《ぎん》テープが発射《はっしゃ》された。

キャアアアッと黄色《きいろ》い歓声《かんせい》が会場《かいじょう》をゆらす。

「すごい。３人《にん》は本物《ほんもの》のアイドルですね」

私《わたし》はステージに立《た》つ３人《にん》を見《み》て、涙《なみだ》ぐんだ。


『優勝《ゆうしょう》はエントリーナンバー１０５番《ばん》、藤原《ふじわら》レン・谷口翼《たにぐちつばさ》・小笠原和月《おがさわらわつき》。満場一致《まんじょういっち》で彼《かれ》らの優勝《ゆうしょう》が決《き》まりました。３人《にん》は来月《らいげつ》『ジョーカー』というグループ名《めい》で『ドリームシップ』よりデビューいたします。みなさま、あたたかい拍手《はくしゅ》をお願《ねが》いいたします』

発表《はっぴょう》の瞬間《しゅんかん》、銀《ぎん》テープが客席《きゃくせき》に向《む》かってはなたれ、会場《かいじょう》から割《わ》れんばかりの拍手《はくしゅ》とおめでとうコールがひびく。

目頭《めがしら》に涙《なみだ》を浮《う》かべ身体《からだ》をふるわせる翼《つばさ》さんの肩《かた》を、レンさんと和月《わつき》さんが優《やさ》しくたたき、３人《にん》は手《て》をつなぐ。

「「「みんな――――っ！　ありがとう！」」」

『ジョーカー』のメンバーがそう言《い》うと、会場《かいじょう》はさらなる喝采《かっさい》に包《つつ》まれる。

私《わたし》はステージのそでから、３人《にん》を見《み》つめる。

よかった。本当《ほんとう》によかった。

「ガール。おめでとう。これは君《きみ》が起《お》こした奇跡《きせき》だ。君《きみ》がメンバーをアイドルにしたんだよ」

背後《はいご》から聞《き》こえた声《こえ》におどろいてふりむくと、そこではジョニーさんと校長先生《こうちょうせんせい》がこちらに笑《え》顔《がお》を向《む》けていた。

「いいえっ。私《わたし》はなにもしていません」

「いいや。日々野《ひびの》さん。3人《にん》にファンを想《おも》う気持《きも》ちと、仲間《なかま》を信《しん》じて協力《きょうりょく》しあう素晴《すば》らしさを教《おし》えてくれてありがとう」

「校長先生《こうちょうせんせい》……私《わたし》こそ今回《こんかい》、3人《にん》のマネージャーをやらせていただきありがとうございました」

今回《こんかい》の経験《けいけん》は、楽《たの》しかったことも悔《くや》しかったことも、全部全部自分《ぜんぶぜんぶじぶん》の宝物《たからもの》にしよう。

3人《にん》のデビューが決《き》まった日《ひ》、ステージのそでで私《わたし》は強《つよ》く誓《ちか》うのだった。

39 約束《やくそく》とお願《ねが》い

ここは黒猫館《くろねこかん》４０２号室《ごうしつ》。

ステージを終《お》え、みんなで寮《りょう》にもどってきたところだ。

「あらためましてみなさん。優勝《ゆうしょう》おめでとうございます」

「ポチ子《こ》のおかげだよ！　ありがとう」

「いえっ。みなさんの実力《じつりょく》なので。本当《ほんとう》にすごいです！」

「いいや。３人《にん》いっしょでなんて、まつりちゃんが言《い》わなかったら絶対《ぜったい》にやらなかったよ。ほーんとレン君《くん》がグループで活動《かつどう》するなんて――ビックリだしね」

「――気《き》の迷《まよ》いだ」

「――あ。レンさん。腕《うで》に傷《きず》が……」

そうか。私《わたし》を助《たす》けてくれたときについた傷《きず》だ。

「その節《せつ》は守《まも》ってくださってありがとうございました」

「まさか平手《ひらて》を食《く》らわされると思《おも》わなかったけどな。責任《せきにん》もって手当《てあ》てしろ」

「なめときゃ治《なお》るんじゃないですか？」

「じゃあオマエがなめろよ」

「責任《せきにん》もって救急箱《きゅうきゅうばこ》のお薬《くすり》を使《つか》って消毒《しょうどく》させていただきます！」

「……ぶっ。あははは」

レンさんが声《こえ》をあげて笑《わら》う。

そんなレンさんにつづき、翼《つばさ》さんと和月《わつき》さんも笑《わら》いだした。

私《わたし》は3人《にん》の顔《かお》をゆっくり見《み》つめる。

あれから色々《いろいろ》あったけれど、これで私《わたし》の役目《やくめ》はおしまい。

私《わたし》はきちっと居住《いず》まいを正《ただ》すと、3人《にん》に向《む》かって頭《あたま》をさげた。

「長《なが》い間《あいだ》お世話《せわ》になりました。みなさまのご健康《けんこう》とご多幸《たこう》を心《こころ》よりお祈《いの》りしております」

「おいおいおい。1ミリも心《こころ》のこもっていないあいさつだな」

「優勝《ゆうしょう》したらさ。一個言《こい》うことを聞《き》いてくれるんじゃなかったっけ」

「そんな約束《やくそく》しましたっけ？」

「いまわざと忘《わす》れたフリしただろ！」

私《わたし》はピューピューと口笛《くちぶえ》をふく。

「俺《おれ》たちからの願《ねが》いごとは、まつりちゃんがデビュー後《ご》もマネージャーをつづけてくれること。これは『ドリームシップ』の社長《しゃちょう》でもあるジョニーさんや校長先生《こうちょうせんせい》の希望《きぼう》でもあるんだ」

和月《わつき》さんの言葉《ことば》に私《わたし》は仰天《ぎょうてん》して荷物《にもつ》をおとす。

「あははは。最後《さいご》の冗談《じょうだん》にしてはおもしろかったです」

「いやいや。冗談《じょうだん》じゃないから」

「………もうしわけありませんが、お断《ことわ》りします」

「……ポチ子《こ》」

「最初《さいしょ》にもうしあげましたが、四《よ》ツ葉《ば》学園《がくえん》で再会《さいかい》の約束《やくそく》をした子《こ》がいるんです。その子《こ》をささえると誓《ちか》ったこの身《み》。もう1秒《びょう》たりともほかの方《かた》に使《つか》うことはできません」

「そのさ。ささえると誓《ちか》った相手《あいて》なんだけど――」

イヤな予感《よかん》を察知《さっち》したレンさんが逃《に》げようとすると、翼《つばさ》さんがレンさんに大量《たいりょう》のコショウをふりかける。

「**ハクシュン！**」

バサバサッとコショウは砂埃《すなぼこり》のように舞《ま》い、レンさんのクシャミがひびきわたる。

「レンさん。大丈夫《だいじょうぶ》ですか？」

「翼《つばさ》。和月《わつき》、ふざけんなあああああああああああああああっ！」

はなをすすりながらあらわれたのは、ずっと会《あ》いたかったあの子《こ》。

「うえ……うえええええええええええええええええええええええええっ!?」

私《わたし》の絶叫《ぜっきょう》が黒猫館中《くろねこかんじゅう》にひびきわたるのだった。

40 真実《しんじつ》を話《はな》しましょう

「——四《よ》ツ葉《ば》学園《がくえん》の……呪《のろ》い？」

和月《わつき》さんの話《はなし》によると、ふしぎな現象《げんしょう》はすべて学園《がくえん》の呪《のろ》いのせいだった。

トップアイドルをたくさん輩出《はいしゅつ》する等価交換《とうかこうかん》として、この学園《がくえん》には呪《のろ》いにかけられし生徒《せいと》たちが何人《なんにん》も存在《そんざい》するらしい。

「とにかく校長先生《こうちょうせんせい》に！　校長先生《こうちょうせんせい》に相談《そうだん》しましょう！」

「しずるは知《し》ってる。芸能界《げいのうかい》はゴシップを狙《ねら》うやつらがウヨウヨいるからね。バレたら芸能界《げいのうかい》どころか日本《にほん》にもいられなくなる」

「ま。いられても、別《べつ》の需要《じゅよう》だよね。人体実験《じんたいじっけん》とか」

翼《つばさ》さんの言葉《ことば》に、まさか…と言《い》いかけて口《くち》をつぐむ。

絶対《ぜったい》にないとは言《い》い切《き》れないからだ。

「——解《と》きましょう、この忌《い》まわしい呪《のろ》いを！」

私《わたし》は力《ちから》いっぱいこぶしをにぎりしめ、空《そら》にかかげる。

「だって呪《のろ》いを解《と》けば、レンさんは完全《かんぜん》な女《おんな》の子《こ》にもどれるんですよね！　レンさんがこんなむさ苦《くる》しい男《おとこ》のすがたでいるなんて……。ゆるせません。美《び》への冒瀆《ぼうとく》です！」

決意《けつい》をみなぎらしている横《よこ》で、レンさんが大《おお》きなため息《いき》をつく。

「……やっぱり、自分《じぶん》の都合《つごう》のいいほうにかんちがいしてるんだけど」

「でも俺《おれ》たちの呪《のろ》いを解《と》いてくれるらしいよ？　ラッキーだからだまっておけば？」

「僕《ぼく》はまだ犬《いぬ》のままでもいいかなぁ」

「――翼《つばさ》。おまえまた性懲《しょうこ》りもなくまつりの部屋《へや》に行《い》くつもりじゃ――」

「えー☆　どうかなぁ」

レンがブチリと切《き》れる。

「翼《つばさ》、今日《きょう》という今日《きょう》はゆるさないからな！」

「別《べつ》にレンにゆるしてもらうことはないだろう？」

「ケンカはやめてください！」

「ま。そーゆーことだから。レン君《くん》、あきらめなさい」

ガクリと肩《かた》をおとすレンさんを、和月《わつき》さんと翼《つばさ》さんが楽《たの》しげにながめるのだった。

41 2年《ねん》ぶりの再会《さいかい》

ここは黒猫館《くろねこかん》402号室《ごうしつ》。

私《わたし》は女子《じょし》になったレンさんに手《て》を引《ひ》かれ、外《そと》へと連《つ》れだされた。

「本当《ほんとう》にレンさんがレンさんなんですか……」

私《わたし》は、不躾《ぶしつけ》なほどあからさまな視線《しせん》で、女子《じょし》に変身《へんしん》してしまったレンさんをつま先《さき》から頭《あたま》のてっぺんまで眺《なが》める。

「本当《ほんとう》だ。私《わたし》の運命《うんめい》の人《ひと》――！」

「こっちはすぐにわかったっていうのに。『**運命《うんめい》の人《ひと》**』なんて言《い》うなら、男《おとこ》のすがただって少《すこ》しは気《き》づけよ……」

あきれたようにつぶやくレンさんに向《む》かい、私《わたし》はむきになって答《こた》える。

「気持《きも》ち悪《わる》い殿方《とのがた》と、天女《てんにょ》のようなレンさんが同一人物《どういつじんぶつ》だなんて、だれも思《おも》うはずないじゃないですか！　わわっ」

レンさんにうしろから抱《だ》きしめられて、私《わたし》は顔《かお》を赤《あか》くする。

「――**まつりが来《く》るの――ずっと待《ま》ってた**」

「遅《おそ》くなってすみません」

くるりと身体《からだ》をひねり向《む》きあうと、レンさんは不満《ふまん》げに唇《くちびる》をとがらせる。

「ようやく会《あ》えたと思《おも》ったら、とんでもなく変態《へんたい》な女《おんな》になってるし」

「変態《へんたい》って！　レンさんだって口《くち》が悪《わる》くて性格最悪《せいかくさいあく》になってたじゃないですか！　あ。私《わたし》ったら、ごめんなさい。嫌《きら》いにならないでください」

女《おんな》の子《こ》のレンさんがキレイすぎて、私《わたし》は顔《かお》を赤《あか》くして口《くち》を閉《と》じる。

「――ずっと。レンさんにずっと会《あ》いたかったです」

レンさんはため息《いき》をつくと、ぎゅっと私《わたし》の身体《からだ》を抱《だ》きしめる。

「はー……。複雑《ふくざつ》だよな。こっちのすがただと、そんなかわいい顔《かお》で俺《おれ》のこと見《み》るんだ」

レンさんは機嫌《きげん》が悪《わる》そうに私《わたし》の頬《ほお》をつねる。

「いたっ。……レンさんだって。レンさんだって。女《おんな》の子《こ》のときは私《わたし》のことオマエじゃなくって『まつり』って呼《よ》ぶんですね」

私《わたし》の言葉《ことば》にレンさんの顔《かお》がボッと赤《あか》くなる。

その顔《かお》を見《み》た私《わたし》もなんだか猛烈《もうれつ》に恥《は》ずかしくなってしまい、下《した》を向《む》いた。

「なんで赤《あか》くなってるんだよ」

「……これはレンさんのがうつったんです」

恥《は》ずかしくて下《した》を向《む》いたままそう言《い》うと、レンさんが私《わたし》の身体《からだ》を強《つよ》く抱《だ》きしめる。

「――まつり」

「はい」

私《わたし》は甘《あま》い香《かお》りがするレンさんの腕《うで》の中《なか》に、身体《からだ》をあずけたまま答《こた》える。

「**――まつり。俺《おれ》の側《そば》にいろ。いいな**」

「え……っと。それは、どっちのレンさんのことでしょうか」

レンさんの腕《うで》の中《なか》から顔《かお》をあげると、レンさんの瞳《ひとみ》と私《わたし》の瞳《ひとみ》がぶつかりあう。

「どっちでもいいだろ。まつりはただ『はい』って言《い》えばいいんだよ」

「いいえっ。ここは大事《だいじ》なところなので、かんたんにお返事《へんじ》するわけには……うわっ」

手首《てくび》にキスをされ、私《わたし》は悲鳴《ひめい》をあげる。

「こっちのすがたのときは、さわってもいいんだろ」

「――はいっ。……ではなくって。半分《はんぶん》は男《おとこ》のレンさんなわけで……ちょっと……うわっ」

「**貴様《きさま》！　まつりから離《はな》れろ！**」

「おおお……お、お兄《にい》ちゃん⁉　どうしてここにっ⁉」

「──ようやく見《み》つけた。まつり！　帰《かえ》るぞ！」

「ふざけるな。放《はな》せ！」

強制送還《きょうせいそうかん》。

いきなりあらわれた兄《あに》に手《て》を引《ひ》かれ、私《わたし》は黒猫館《くろねこかん》をあとにするのだった。

ジョーカー活動日誌《かつどうにっし》

まつりです！『スイッチ！』いかがでしたか？　このコーナーでは、みなさんに本編《ほんぺん》ではお伝《つた》えしきれなかったことを紹介《しょうかい》していきます！

翼《つばさ》「そもそも。どうしてこんなに学校休《がっこうやす》んでたわけ？　もう5月《がつ》も終《お》わるってのに」
和月《わつき》「そうだよね。まつりちゃん、どっか悪《わる》いの？」
レン「悪《わる》いのはゆがんだ性根《しょうね》だろ？」
まつり「ど・こ・が！　ゆがんでるんですかっ」
翼《つばさ》「まぁ。俺《おれ》らを見《み》てときめかないとか、世間《せけん》からするとけっこうゆがんでるんじゃない？」
まつり「ゆがんでません！　むしろ、女子《じょし》に対《たい》するまっすぐすぎる愛《あい》でいっぱいです！（キリッ）」
男子一同《だんしいちどう》「……」
翼《つばさ》「そうだよねっ。ポチ子《こ》はまっすぐな性格《せいかく》がチャームポイントだもんね」
まつり「いえいえ。私《わたし》のチャームポイントではなく、ただ女子《じょし》がかわいい。それだけです！」
和月《わつき》「まぁ。女子《じょし》はかわいいよね」
まつり「和月《わつき》さんっ。いま、私《わたし》のかわいいヴィーナスをよこしまな目《め》で見《み》ましたね！　ヴィーナスたちに手《て》を出《だ》したらしばきたおしますよ！」
和月《わつき》「……」
翼《つばさ》「どっちかっていうと僕《ぼく》たちが手《て》を出《だ》されそうになってるんだけど……」
レン「オマエの変態《へんたい》な気持《きも》ちはわかった。それで？」
まつり「――盲腸《もうちょう》です」
男子全員《だんしぜんいん》「もうちょう？」
まつり「痛《いた》いなー痛《いた》いなーって思《おも》っていたら、うっかり破裂《はれつ》しまして」
男子全員《だんしぜんいん》「破裂《はれつ》！（ゾッ）」
和月《わつき》「ひいいぃ。ムリ！　俺《おれ》、痛《いた》いの絶対《ぜったい》ムリ！」
レン「笑顔《えがお》で話《はな》すネタじゃないだろ！　少《すこ》しは自分《じぶん》の身体《からだ》を大事《だいじ》にしろ！」
翼《つばさ》「ははーん。でもわかった。いまでも僕《ぼく》らの担当《たんとう》がつづいてるわけ」
まつり「どうしてですか？」
翼《つばさ》「我慢強《がまんづよ》いからだ！」
まつり「そんな理由《りゆう》……絶《ぜっ》対《たい》にいやです！　早《はや》く女子《じょし》の花園《はなぞの》に帰《かえ》りたい！（涙《なみだ》）」

スイッチ！
②巻《かん》のお知《し》らせ
兄《あに》に連《つ》れられて黒猫館《くろねこかん》から出《で》ることになったまつり——
お兄《にい》ちゃん、どうしたの!?
ついにデビューだ!!
レンたちジョーカーは、デビューに向《む》けた準備《じゅんび》で大《おお》いそがしに!!
まつりもみんなのためにと準備《じゅんび》を進《すす》めようとするけど……トラブル発生《はっせい》!?
そして、新《あら》たな四《よ》ツ葉《ば》学園《がくえん》の呪《のろ》いが明《あき》らかに!?
スイッチ！②
2018年《ねん》夏《なつ》発売予定《はつばいよてい》

あとがき

はじめまして。深海《ふかみ》ゆずはです。本《ほん》の海《うみ》の中《なか》から『スイッチ！』を手《て》に取《と》ってくださり、本当《ほんとう》にありがとうございます。神《かみ》！　あなたは神様《かみさま》ですっ！　もう放《はな》さないいいい！（ガシッ）

はじめましてじゃない『あなた』、うおおおおっ。また会《あ》えて心《こころ》の底《そこ》から幸《しあわ》せです！

……といきなりテンション高《たか》めな『あとがき』ですみません。

新《しん》シリーズの緊張《きんちょう》と不安《ふあん》で、生《う》まれたての子鹿《こじか》のようにふるえています。（怖《こわ》いよー！）

先日《せんじつ》、新《あたら》しい自分《じぶん》に生《う》まれ変《か》わるべく、人生初《じんせいはつ》のバンジージャンプに挑戦《ちょうせん》してきました！　その高《たか》さは１００メートル！　よくテレビで芸能人《げいのうじん》さんが「ムリッ！　ムリですぅううう！」と絶叫《ぜっきょう》しながら飛《と》んでいる、日本《にほん》で一番高《いちばんたか》いバンジースポットからのトライでした。

飛《と》びだす前《まえ》は足《あし》がすくみましたが、空《そら》を舞《ま》いながら見《み》た紅葉《こうよう》が見事《みごと》で……。思《おも》わず見《み》とれてしまいました。飛《と》びださなければ、見《み》ることができないことって、たくさんあるんですね。

今回《こんかい》『スイッチ！』を書《か》いた理由《りゆう》は、毎日《まいにち》いそがしくがんばっている『あなた』に、手軽《てがる》に笑《わら》ってキュンキュンしてもらえるような本《ほん》を書《か》きたいな～と思《おも》ったのがきっかけでした。「4コマに毛《け》が生《は》えたような感《かん》じの、超《ちょう》ライトな話《はなし》を書《か》いてみよう！」と思《おも》い、『連作風短編《れんさくふうたんぺん》』という形《かたち》で42話《わ》入《はい》っています。5ページちょっとの作品《さくひん》が多《おお》いので、すきまの時間《じかん》や気分転換《きぶんてんかん》がてら読《よ》んでもらえたら、最高《さいこう》にうれしいです。（どうかどうか気《き》にいってもらえますように……）

最後《さいご》にお礼《れい》コーナーを。地獄《じごく》のようなスケジュールの中《なか》、最高《さいこう》にキュンキュンするイラストでキャラクターに命《いのち》を吹《ふ》きこんでくださった加々見《かがみ》先生《せんせい》！　ここまで導《みちび》いてくださった担当様《たんとうさま》。関《かん》係各所《けいかくしょ》の皆様《みなさま》、家族《かぞく》・友人《ゆうじん》にも感謝《かんしゃ》です。そして最大《さいだい》の感謝《かんしゃ》はいまこの『本《ほん》』を手《て》にとってくださっている『あなた』。本当《ほんとう》に本《ほん》っっっ当《とう》に、ありがとうございます！

角川《かどかわ》つばさ文庫《ぶんこ》史上《しじょう》（いや児童書史上《じどうしょしじょう》？）もっともヘンテコな主人公《しゅじんこう》な気《き》もしますが、あなたの中《なか》の友《とも》だちに、まつりたちを加《くわ》えてもらえるとうれしいです。（土下座《どげざ》）

ラストに妹《いもうと》を溺愛《できあい》しているお兄《にい》ちゃんが乱入《らんにゅう》してきましたが、いったいどうなるのか……？

次巻《じかん》は2018年《ねん》の夏頃《なつごろ》発売予定《はつばいよてい》です。また2巻《かん》で元気《げんき》な『あなた』に会《あ》えますように。

深海《ふかみ》ゆずは

【公式《こうしき》ホームページ】http://fukamiyuzuha.jp

角川つばさ文庫

深海ゆずは／作
東京都大田区在住。「こちらパーティー編集部っ！」で第２回角川つばさ文庫小説賞一般部門の最高の賞である《大賞》を受賞し、作家デビュー。射手座のＢ型。趣味は旅行と食べ歩き。ごはんはいつもおかわりします。好きな言葉は「想像力より高く飛べる鳥はいない」「迷った時は前に出ろ」。

加々見絵里／絵
福岡県在住のマンガ家。著書に、『それは色めく不協和音』『コラボ短し集えよ乙女』など。『寺嫁さんのおもてなし 和カフェであやかし癒やします』などではイラストを担当している。

角川《かどかわ》つばさ文庫《ぶんこ》

スイッチ！①

イケメン地獄《じごく》はもうカンベン！

作《さく》　深海《ふかみ》ゆずは
絵《え》　加々見絵里《かがみえり》

2018年２月15日　初版発行
2022年７月10日　18版発行

発行者　青柳昌行
発　行　株式会社KADOKAWA
〒102-8177　東京都千代田区富士見 2-13-3
電話　0570-002-301（ナビダイヤル）
印　刷　大日本印刷株式会社
製　本　大日本印刷株式会社
装　丁　ムシカゴグラフィクス

ISBN978-4-04-631767-4　C8293　N.D.C.913　231p　18cm

●お問い合わせ
https://www.kadokawa.co.jp/（「お問い合わせ」へお進みください）
※内容によっては、お答えできない場合があります。
※サポートは日本国内のみとさせていただきます。
※Japanese text only

読者のみなさまからのお便りをお待ちしています。下のあて先まで送ってね。
いただいたお便りは、編集部から著者へおわたしいたします。

〒102-8177　東京都千代田区富士見 2-13-3　角川つばさ文庫編集部